U0942331

活在地上

如同活在天上

我要把這份祝福送給 ______________________

活在地上——如同活在天上

策劃．主筆｜羅乃萱
訪問撰錄｜王心靈
總編輯｜馬鎮梅
編輯｜繆光游　王心靈
美術設計｜劉碧雲
攝影｜村上春麗
出版發行｜突破出版社
香港沙田亞公角山路 33 號突破青年村
電話：2632 0000　傳真：2632 0388
電郵：breakthrough@breakthrough.org.hk
網址：http://www.breakthrough.org.hk
http://www.btproduct.com
承印｜宏亞印務有限公司
2012 年 8 月初版 1 刷
2013 年 4 月初版 3 刷

As It Is in Heaven
First Printing, First Edition, August 2012
Third Printing, First Edition, April 2013

Printed in Hong Kong
ISBN 978-988-8073-65-8

鳴謝：Nathaniel Foundation 及宏亞印務有限公司贊助本書部分製作經費

本書經文取自《新標點和合本》，版權為香港聖經公會所有，承蒙允准採用；部分照片由 Jacqueline Law Production、羅乃萱、Muriel 提供，特此鳴謝。

誠邀閣下就突破出版社的書籍發表意見。
請登上 www.btproduct.com/book，在「讀者回應卡」頁面內填寫。

歡迎加入突破書籍 Facebook — http://www.facebook.com/btbooks

本書採用環保油墨印刷

目錄

序 I　在苦難中不失昌盛

「上帝使我在受苦的地方昌盛。」(《聖經‧創世記》41：52)

是的，以上這經文娟妹不只相信，她甚至身體力行地活了出來。我在她身上看見在苦難中不失昌盛，靈裏持續地生長開花。

苦難從不特別恩待基督徒，這是上帝公平的持守，但苦難於娟妹而言不單純是苦，在我眼中，我看到她在苦中嚐到另一番甜味，因為上帝的愛有時比愛情更甜。耳疾再苦，癌症再痛，她都能從上帝支取力量和喜樂的支票。喜樂不是一種常態，人習慣憂慮愁煩，所以持續的喜樂委實是上帝賜予人的恩典。上帝慷慨施恩，但懂得領受的人又有多少？尤其身處苦難當中，人習慣憤世嫉俗，自歎倒楣。娟妹很幸福，無論她的病多重、病情多反覆，我看到她的笑容和樂觀跟上帝深深攸關。世人看她的生命充滿苦澀和崎嶇，但她得的恩典不在於平順的人生，而在於顛簸中一直心存平安，活在感恩之中。

「上帝給予了天國的盼望，永生的國度。苦難，不再是一場單純的受苦；死亡，不再是一場真正的死去。」天國既是終點，也是美麗的起點。

娟妹，我們天國見。

鄭秀文

藝人

序2　我看到真神活在我面前

換個角度看，《活在地上——如同在天上》一書不是逼你信耶穌，只是讓你看見羅慧娟一生經歷那麼多坎坷的遭遇，她還能說自己一生無憾，還能在臨離世前走訪十多位與她生命互相影響至深的親朋好友，說出彼此的見證、最深情的感謝，此書的內容足夠精彩有餘。

人一生總有高低起跌，許多人不明白娟妹為何能夠樂觀堅強地面對困難？她的信仰何以那麼強？

在娟妹離世前兩個月，我探望過她，當時我看到真神活在我面前。她受苦仍能笑得開懷，她受苦也緊記傳福音給身邊所有人，她只有一個願望——人人信耶穌，就是這麼單純的先為別人設想，才想及自己，她的生命令人感動。

只要看畢這書，你會明白為何我經常說，我為到有這個朋友而感到驕傲。因為她真的能做到活在地上，如同活在天上。

祝福每一位讀者及娟妹的家人。

梁奕倫

藝人

編者心聲

年初，前輩羅乃萱提出一項出版計劃，問我會否考慮。我聽後有點忐忑，因為書的主角是羅慧娟。我固然相信乃萱的推薦，可亦有點猶疑，阿娟到底是個明星，自然有市場號召力，但她為什麼會找「突破」？三方會面，在中環一家咖啡店。

眼前出現的羅慧娟化了淡妝，亮麗照人，沒半點我想像的病態。甫坐下她便親述出版的想法，希望找來她的至親好友，分享生命相遇而互相影響的故事，希望祝福年輕人。然後，她攤開一張名單，我愣了一下，嗄，有些我完全陌生，有些則是紅得發紫的藝人，老實説，心中不無壓力，原來我心裏有道小標籤 —— 他們肯敞開心扉説到生命底層去嗎？追問清楚她為什麼要挑這些人，這才了解他們都是阿娟成長路上的啟迪者。阿娟理路清晰，言簡意賅，聽下去，我已被她的生命力感染，那是一份巨大的信仰力量，我知道這會是一本發光的好書。短短一小時，大家已擬定用訪談方式去做，然後釐清分工，只是我心中隱隱為阿娟的健康憂慮，她有體力應付這麼多訪問嗎？

其後有一段日子沒了音訊，傳媒間中出現她的報道，我只能默默等待，直到二月底，我們終於展開密集的訪問。在每一場生命對談中，我看到阿娟風高浪急的人生 —— 負資產、失聰、抑鬱、患病，如何愈活愈起勁。她經常朗朗大笑，不用打點滴時更手舞足蹈；除了瘦，她仍是那麼的美，那麼的機靈慧黠，半點看不出大限將至。她跟每位摯愛親朋的生命交融，縱有眼淚，都一樣舒坦自在，映照出一份柔和而亮目的光譜，裏面是一份清如水的單純、牢如鐵的信心。對死她無畏無懼，對永生她充滿期待，還多次滿足地說：「我實在太、太、太幸福了！」生命的震撼莫過於此。

這書以《活在地上 —— 如同活在天上》定名，是因為羅慧娟曾經帶着永生的盼望而活；如今，她安息主懷，留下這些肺腑之言，鼓勵人珍惜生命的美好，那份心意依然留在地上。

由認識阿娟到出版剛好半年，感謝乃萱，她由始至終擴起義務策劃的擔子，親自示範了做訪問的祕訣 —— 勤力。事前做足準備，事後追讀資料；過程要靈活應變，以親切自然的態度，引導各人作最真情的對話。這一回，我和心靈學會了不少。感謝書中每一位受訪者，在百忙中抽撥時間作出如此剖心的分享。感謝 Cherry 一直幫忙安排聯絡，並在製作過程中給予不少支援；感謝春麗，他不只為訪問拍攝，更是我們主內同工的好拍檔。

有份參與製作這書，我感到自己的生命也因她而被燃亮，願這本書同樣祝福你。

馬鎮梅

突破出版社總編輯

編按：我們邀請每位嘉賓用一種顏色形容娟妹的生命，都放在篇末。

撿石女孩

海潮澎湃至緩和
苦澀沉澱為澄澈
你哼唱着愛的藍調
蹦跳撿拾光滑明亮的石子
告訴我，變回小孩的祕密
進入天國的祕密

—— 王心靈

羅慧娟生平簡誌

她的美

羅慧娟，皮膚很白、很滑；她快樂的時候愛敷面膜，不快樂的時候愛敷更多面膜。她生來美人胚子，一生跟美的事業結下不解緣。她十六歲時被著名攝影師葉青霖發掘，自此成為他鏡頭下的美人兒；1987 年她參選過香港小姐，不過，一入圍就逃跑了。如此一個美人，娛樂圈又豈會白白放過她？回來不到七天就被選上，成為《書劍恩仇錄》女主角霍青桐。她在電視圈工作了四年，綽號「清水灣小花」，因為那四年，她從早到晚都在清水灣開工。除了《書劍恩仇錄》之外，她主演《蓋世豪俠》的李珠、《燃燒歲月》的童素素等角色，同樣膾炙人口。後來，她到過不同地方拍攝電視劇，包括新加坡、馬來西亞、台灣等等，又拍電影和主持電台節目……直至 1999 年，她耳朵失聰，自知難再適應演藝工作，於是加入了 Mary Kay 的美容事業，以建立女性內外美為人生使命。

她的愛

羅慧娟，重恩、重情。她一生離不開親情、愛情、友情、恩情及人情。她是家中么女，排行第六，父母、兄長與姐姐都對她愛護有加。父親早在 1998 年病逝。對於這個原生家庭，她從來都是不離不棄，直到結婚前，她一直與她深愛的母親同住。她的朋友很多，要好的也不少。影響她最深的其中一人是魏美華，由中一開始，一直是娟人生的同行者。至於在演藝界，有「打死不離三姊妹」的黎美嫻、陳法蓉，另外還有賈思樂、新加坡藝人陳麗貞;後來鄧萃雯、我跟她，組成「三個親密女友」，一起查經、祈禱、分享、哭笑。在 Mary Kay，她又有一大羣女性好友。她重視的人很多，名單很長；不得不提的是，對娟來說，亦師亦友的羅乃萱、美容業的師傅高聖芬，被娟視為再生爸爸的解英崗牧師。無論有多少良師益友，名單有多長，娟最愛的是她從 1996 年認識，2008 年決定下嫁的劉志敏先生（Chee Ming）。娟對 Chee Ming 的愛，可以說是義無反顧，亦深愛他的兩個兒子。

她的苦難

羅慧娟，她很喜歡記念自己的苦難。她記念苦難，跟記念她的生日、結婚周年一樣認真；所以，她會有「耳仔聾了一周年派對」，直到七周年又來一次；接着就是患癌一周年……因為她深信「每個苦難都是化了妝的祝福」。她第一次比較嚴重的意外發生於 1993 年，在澳洲拍婚紗廣告硬照，墮馬受重傷，但相對於日後的苦難，實在微不足道。1999 年，娟往巴布亞新畿內亞潛水，上水後發覺聽不到聲音，從此成為一名失聰人士，一直要帶助聽器，直至 2007 年做了人工耳蝸手術，情況才稍有改善。帶耳機期間，她身心靈受到很大傷害，她曾表示：失去了聽覺，等於失去了基本的生存能力。正因為這種缺陷帶來的困擾，她在 2004 年開始，由輕度情緒問題演變為抑鬱症。2010 年，她再度面對人生另一巨大挑戰，就是被確診胰臟癌，之後一直與病魔作戰。

她的使命

羅慧娟，前半生跟一般女性沒有分別，以扮靚、談戀愛、掙錢、投資、買樓作為人生目標。雖然娟老是強調自己思想簡單，其實她對生命認真，一直思想人生問題。1998 年參與「藝人之家」聚會，1999 年在喬宏叔的安息禮拜上決志信主，這是她人生一大轉捩點。信主兩年後，即 2001 年，她在同福堂受浸，並穩定出席教會的崇拜和聚會。1999 年，她當上美容顧問，清楚知道自己不是單單教人扮靚，而是希望能在女人生命中建立另一種美，而這一種美，對娟來說，是從上而來的。2003 年，她邀請解英崗牧師為她的美容團隊作門徒訓練，2006 年開始在大大小小、本地或海外的佈道會作見證。她最後的遺願，依然是「希望更多人信主」。

在這篇生平誌，我始終沒有提及娟的出生年月日、她的歲數，不是因為她作為女人會介意，而是因為娟相信永恆。

羅慧娟，無怨無憾地完成她一生的使命，在 2012 年 6 月 30 日返回天家，留下了她的美、她的愛，以及她以堅定意志面對苦難為信仰所作的見證。

劉倩怡

編按：原文為摯愛娟妹的追思會而撰寫

當霍青桐遇上書僮

張衞健

我們「識於微時」。這四字看似簡單，卻包含了最單純的本質，最真誠的相處。

常聽説，識於微時的朋友最寶貴，也最值得珍惜。對張衛健與羅慧娟來說，正是！

嚴格來説，張衛健（Dicky）出道比娟妹早，先在 1984 年新秀歌唱比賽奪冠，立即簽約電視台，以為從此星途暢順。怎知仍是無名之星，生活朝不保夕。至 1987 年，TVB 開拍《書劍恩仇錄》，他獲選飾演主角陳家洛的書僮，繼續在電視城載浮載沉，星途黯淡。

這邊廂的羅慧娟，一腳踏進娛樂圈就當上《書劍恩仇錄》的女主角霍青桐，光芒四射。知名度愈高，荷包也愈來愈腫脹，二十多歲就月入六位數字。

真的是「同人唔同命」，相同的是，大家都是不諳世事的新人。沒有機心，沒有計較，憑着一股勁兒闖進娛樂圈；一同傻過窮過，一同有過青澀的夢想，一同結伴闖過江湖，就這樣釀造了一份純真友誼，至今仍津津樂道，情誼不變。

就像這趟，羅慧娟想找 Dicky 做訪問，一通電話，二話不說就出現在她家門前。

門一打開，戴着黑帽、渾身是戲的 Dicky 出現。隱隱感覺到，那口中吟誦着「涼風有訊，秋月無邊」的韋小寶，或機靈趣怪、一身金毛的齊天大聖，翻了幾個筋斗，一下子就回到人間似的，疑幻似真。

最單純真誠的相處

1987 年 7 月，從尼泊爾流浪回港的羅慧娟，以黑馬姿態簽約電視台，並擔正《書劍恩仇錄》的女主角，飾演身穿黃衣的回族姑娘霍青桐。對她，就像一場做夢似的經歷：

「第一天收到電話，第二天試鏡、見經理人，第三天擬合約，第四天確定，第五天簽約，第六天訓練，第七天開工。」

就這樣像幾級跳，娟妹當上了重頭製作台慶劇的女主角。

說到底，娟妹是個新人，一時間難以適應拍攝廠這新環境。「我不懂跟那些大哥傾談，惟有張衞健主動與我説話。他是我在娛樂圈第一位男性朋友。」娟妹看自己，戲裏戲外都是個「外族人」。意思是，對着戲裏十四個當家大明星，眾星拱着她這個「月」，她卻不知如何是好。一方面，是不懂得跟大明星打開話匣子，但沉默地坐在一旁，又跟她健談的脾性不相符。在這進退兩難的關頭，Dicky 竟主動跟她搭訕閒聊。你説她感動不感動？

此時，娟妹又轉眼看着他，加重語氣：「Dicky 是我最好的男性朋友。我是你最好的女性朋友嗎？」娟妹似找到對手，讓她佻皮一面盡情流露。

「沒有。我看你是雌雄同體。」話未説完，娟妹便揮拳打過去，Dicky 向我們解釋：「她有女生的細心體貼、男生的胸襟，可以推心置腹。」他一本正經地分析，還刻意説：「**一男一女這樣交往，要發生愛情是一線之差的**，特別是靚仔靚女，更難。」

Dicky 把目光投向娟妹，兩人會意地笑了一通。那麼，他倆之間，曾否越過了那條友情的界線？Dicky 着意地把答案説得一清二楚：「那是因為我們『識於微時』。這四字看似簡單，卻包含了最單純的本質、最真誠的相處。」他還加了一句，除了因為當時兩人各自在戀愛，Dicky 比娟妹早進娛樂圈，怎説也是前輩。這樣的背景與輩分，造成彼此沒有過電的可能。

「更何況，那時她是主角霍青桐，我不過是陳家洛的書僮——配角中的配角。」

「你的角色好重要呢！」娟妹真誠地說：「陳家洛在拍攝時表現得很緊張，你幫了他很多。」

「書僮有多重要？不過是幫總舵主拿着刀劍站在後面。」Dicky 自我調侃：「起初覺得你是萬千寵愛，一進來就擔重任，我很羨慕你。」

娟妹想了想，追問：「你可有一絲妒忌？」

「如果你是男的，我可能會，畢竟是競爭對手嘛。你是女的就不會妒忌了——即使你不做霍青桐也輪不到我。」

客廳裏又爆出響亮的笑聲，娟妹說 Dicky 向來很「過癮」，精力充沛，又精靈過人。說着，她的眼珠兒轉呀轉的，似想到什麼

舊事，竟逕自笑出來：「我還記得第一次到珠海拍攝，團隊大清早要開車離開酒店時，這個人滿口白泡跑出來，一邊刷牙一邊喊『等埋』。」

「這還不夠傻。那次是人生第一次出埠拍戲嘛，我一日不見如隔三秋似的，天天給女朋友寫情書。明明是珠海，搞得像去了地中海。」Dicky 被娟妹逗得把逝去的回憶逐一掏出來。

Dicky 重視「識於微時」的友誼，眾所周知，他跟梁漢文、蘇永康、許志安是肝膽相照的兄弟，四人相識時都是無名小子，今天已是流行樂壇閃亮的星。這邊廂，他跟娟妹在電視台的「那些年」是怎樣的？

「我們漸漸熟起來，還有一個原因 —— 他關照我做『祕撈』。」娟妹一臉雀躍地說，「當電視台演員的月薪連交通費都不夠付，根本過不了生活。剛好他拍完了《老友鬼鬼》有點名氣，有人請他到大陸登台，他需要一個女拍檔，便悄悄帶我一道同往，我們跑過許多酒廊飯館。」

「白天在廠裏拍攝處境喜劇《婆．媽．女婿》，朝九晚五，一下班我便開着那輛破車趕往紅磡火車站，最後一班火車是六時四十分，真是爭分奪秒！」可以想像，Dicky 的駕駛技術有多辣。

「當時羅湖還沒有二十四小時通關，第二天早上六點多，我倆就在深圳等開關，再直接回廠開工，很瘋狂的⋯⋯」Dicky 興高采

烈地説。

「還有，還有，我一輩子都忘不了，那車子前座的小抽屜裏面，竟有一個堅硬無比的陳年叉燒包！他黐線的！」愛整潔的娟妹揮動雙手，猶有餘悸。

「哈哈……這有什麼可怕？車子甩掉bumper，我用衣架固定了就駛到街上。」

衣架當bumper的亡命飛車，只有初生之犢的娟妹才敢坐。

說着那些年瘋狂而快樂的時光，Dicky開始整理思緒，為這段友誼作剖析：「當年我們才二十多歲，人格還在建立，能夠認識這樣的朋友是很珍貴的。」Dicky相信近朱者赤，近墨者黑，年輕時身邊圍繞着怎樣的人，他們的處事態度會潛移默化地影響自己。

正因為Dicky在不識愁滋味的青蔥歲月，認識了單純活潑、隨遇而安、努力工作的娟妹，令他知道「什麼是對錯」：「我後來認識的拜金女友，她因為不想將來買名牌手袋都要考慮八個月而向我提出分手……相比之下，我更慶幸早年能認識羅慧娟！」因為見過一個「好女孩」的人版，他便懂得分辨眼前人。

說到這裏，娟妹忽然認真地問：「你覺得我可有改變過？」

「你從來都沒有防禦意識，什麼人都可以侃侃而談，這是可貴的。現在長大了，經歷過許多困難，我有了防禦心，不會輕易相信人。」Dicky 續道：「這是都市人走江湖的武器。奇怪的是，我太太跟你一樣沒有防禦意識。多次事實證明，當二人同時認識新朋友，沒有防禦的人反而更容易進入對方陣營。」

娟妹自信滿滿地說：**「真情是會打動人的。好像很笨，卻令人手足無措，哈哈……」**

全然信任，不怕麻煩

晃眼就是二十年，昔日的跑龍套書僮，已升格為街知巷聞的大明星，娟妹亦有了自己的美容事業與家庭。從當日結伴闖蕩江湖，到今天各自走過人生的風風雨雨，娟妹經過十二年愛情長跑嫁入劉家，Dicky 跟相愛八年的張茜結為夫婦。兩個人在愛情與事業以外，開始聊起婚姻這話題。

特別是 Dicky，經常中港兩地來回，他跟太太怎樣維繫夫妻關係？這是娟妹很想知道的。

「那是因為她對我全然的信任。」這份信任得來不易。拍拖頭幾年，還是女朋友身分的張茜，對 Dicky 身邊任何人都不放心。為什麼？

「因為我忙碌過後，一有空便選擇與朋友相聚，這會令她懷疑我有多愛她……後來，我終於令她百分百信任『老公是最愛我的』。」是啊，就算多忙，也該花點時間陪太太，卻跑去找朋友，真說不過去！

娟妹好奇地追問：「當不信任時，小事都會造成大爭吵。你們經常分隔異地，怎樣得到太太的信任？」

「我令她沒有懷疑的餘地。例如去了未知的地方，見了未知的人，發生未知的事，我大大小小都會主動告訴她。」

「你不覺得麻煩嗎？」

「正是怕麻煩才這樣做。」每逢出門，Dicky 都會巨細無遺的向太太預告行程，「當她看見我每次預告的都沒虛假，漸漸就不會胡思亂想，也沒有興趣追查我的行蹤。」

娟妹不禁拍掌稱服，至於她怎看兩性關係？她說：「我鼓勵男女都有健康的自我價值觀，不然就算對方多好，我們都會往壞裏想。一個人容易受傷害，是因為自信不足。」

只是，有了自信，對方仍不珍惜，破壞關係又怎辦？

「那我只會想『這是你的損失』，因為我知道自己的價值，就不會懷疑自己不值得愛了。」

娟妹說得瀟灑，但 Dicky 沒有忘記，昔日的她怎樣因為失戀而哭得死去活來，他還花過許多時間開解她。看見現在的她，判若兩人，他不禁問：「你怎找到自己的價值？」

「忍耐生老練，老練生盼望。」過去的情傷早已雲淡風輕，她志得意滿地說：**「現在學做獨立而溫柔的好老婆，既不要成為男人的負累，也能釋放溫柔的力量。」**她眨動眼睛，柔聲示範怎樣喊「老公」，又問：「你也喜歡太太這樣吧。」

Dicky 無言以對，淡淡地說：「畢竟是個演員。」

娟妹幾乎要拿起抱枕扔過去，揚聲澄清：「我對我老公是真情的！」

「看見有人讓你撒嬌，讓你做小女人，真為你的幸福而感到開心。」

「我的幸福很簡單，哈哈……」口裏說簡單，其實絕不簡單——特別是她的頭腦。

二三分耕耘，才有一分收穫

正如這天訪問，娟妹總是有意無意地刺中 Dicky 的死穴：拚命工作。

娛樂圈是個夢工場，曾是新秀歌唱比賽冠軍的張衛健，怎沒想過一夜成名？只是，沒有外表優勢的他，不管在電視台，或是唱片公司都坐了多年冷板凳，看着身邊的人陸續成名，他卻沒有能力自在地吃一碟乾炒牛河，怎會不焦急？

於是，出盡九牛二虎之力爭取演出機會，便成了他的殺手鐧。

娟妹補充道：「我非常印象深刻的是《贏單傳奇》，那是他難得的機會。我看見他跟導演討論每一場戲該怎樣演，還設想了對手演出的幾種可能，自己早早就練習好各種反應，非常勤力。」

「我現在仍是這樣。」Dicky 好不容易才捱出頭，他相信凡事都要努力至汗流浹背才能成功。

娟妹難以置信地高呼：「嘎！這樣會很辛苦。你老是傾向先想到壞處。」

「設想了壞結果，並預備好解決方案，繼而無後顧之憂，再勇往直前。」Dicky 解釋萬事步步為營的原因，「事業上經過幾次波折，我害怕稍一不慎就被看扁，因而無法放鬆吧。而且自問演戲是個人長處，如果不在這裏下功夫就枉然了。」當然，經驗老練了，他不用猜便知道對方的反應。

世事的定律是：一分耕耘，一分收穫。Dicky 卻這樣鞭策自己：

「兩三分耕耘，才有一分收穫。神是公平的，我往往得到數倍以上的成果。」

娟妹皺了一下眉頭，說：「我們有一段日子沒再交往，當我聽說你仍然這樣工作，心裏為你感到辛苦，擔心你太熱愛演戲而給自己太大壓力。」

作為好友的娟妹，自然不想已有家室的 Dicky 仍拚命幹活。

「我最渴望有一天，你能領略到勤力過後的輕鬆，把結果交給上帝，祂會給你意外驚喜。」此刻娟妹的話，倒像是 Dicky 的生命師傅：「走到今天，我相信你要更上一層樓，靠的不是方法演技，而是靈裏的演繹——你要把角色演到靈魂深處。」

這位師傅繼續肯定 Dicky：「你已經夠好了，生活穩定了，希望你挑劇本不要再看故事情節，而是看角色有沒有生命。你是公眾人物，我希望你更有使命感，利用角色觀察世情，帶出正面影響，我相信你可以對社會有貢獻。」

「我有努力，也有交託給上帝啊！」

娟妹語重深長，大膽地反問：「你的信靠有多少？面對重擔，與主同行的人不用抬，而是伸手扶着就可以了。希望你在工作、興趣、事業上經歷神的轉化——要與神有好關係，要完全謙卑地接受雕琢，以後就不用活得這麼費勁，這麼累。」我們都驚訝於娟妹會向 Dicky 說出這番諫言，但再想深一層，這些話若現在不說，還待何時？

「我知道你為我好。」Dicky 欣然聽了，感激地道：「看着你的生命充滿荊棘，而你總是笑容多於眼淚。我在你身上看見神的力量，也提醒我要親近神。」

說到這裏，Dicky 仍不忘發揮其幽默本色，以「借錢」作比喻：**「如果我要向素來沒交往的朋友借錢，對方是不會答應的**，但如果平日關係好，我有危難時就不怕開口求助。」Dicky 明白了，娟妹想告訴他，要跟神建立恆久的關係。

而 Dicky 從娟妹身上，看到了怎樣才是對上帝完全交託：「你讓我看見透過信主、愛主而真誠地相信有天堂、有永生，從而提我要鋪路。人生求的就是有瓦遮頭，日求一餐，夜求一宿，並因為這些就能滿足地笑。」

「是啊，能呼吸，能吃能睡，活了這麼多年，我現在求的就是這麼簡單。」娟妹帶着笑和應。

此刻，空氣中盪漾着的，是這八個字：人間有訊，恩典無邊！仍然全力拚搏的 Dicky，是否聽到娟妹從涼風中捎過來的這個心靈短訊？

娟妹是白色的，她沒有防衛心，
願意為人設想，遷就別人。

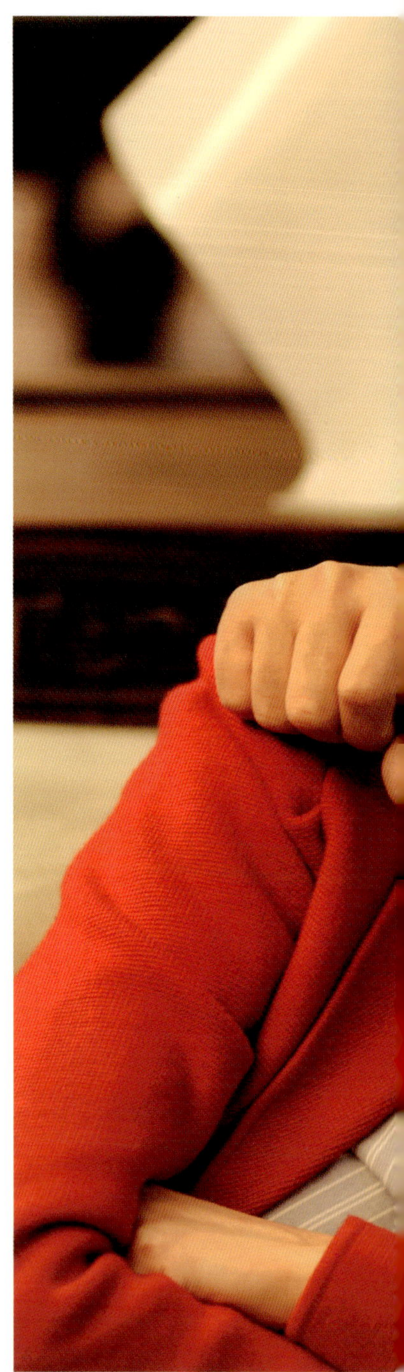

心靈照相機

常霖法師

透過鏡頭，娟妹有着一種被深深接納與被愛的滿足，她內裏潛藏的特質，會更輕易地隨着鏡頭流露出來。

俗語說，相，由心生。套用在「相片」上，也是同理。

一張美麗的照片，除了被攝者的美，也需要攝影師按快門的那刻，能精準捕捉被攝者的美態。

素來，攝影師與被攝者，總存在着這種微妙的默契。

言，傳不盡，只能意會。

這天，看見披着一身僧袍的常霖法師（即前著名攝影家葉青霖），腳踏柔軟的布鞋走進羅慧娟的家，打招呼的眼神中，卻早已發現他眼眸中隱隱藏着某部無形的心靈照相機，就是那種「攝人」（拍攝別人）的眼神，像一眼能看穿人心似的。

到底，那是一雙怎樣的眼睛、一種怎樣的默契，讓兩人因攝影結緣後，進而成為惺惺相惜的深交？

大哥哥攝影師 vs 小妹妹模特兒

「我對靚女好敏感，因為我係一個攝影師。」常霖法師坐下沒多久，便「一本正經」地說。說完，他便哈哈地笑了。

「多謝你囉。」娟妹俏皮地回應。

葉青霖（Alain）認識羅慧娟的時候，她才是中四女生。那時，娟妹的哥哥在電視台做幕前工作，跟一眾藝人混得很熟。一次，葉青霖跟着大伙到羅家玩，娟妹一幀抱住姐姐剛出生孩子的照片抓住了他的目光。

葉青霖是娛樂圈有名的攝影大師，他鏡頭下的女明星、模特兒多不勝數。看慣美女的他，為何會被不施脂粉的娟妹吸引住了？那是一種怎樣的美？

「好純，好真，有一種發自內心，能感染別人的快樂，而且她笑起來很像BB。」

娟妹馬上揚起臉，指着自己眼下的「酒渦」說：「吶，別人的酒渦在嘴邊，我的在眼下，是『上位酒渦』。」接着又嘻哈大笑。

這是他們生命劇場的第一幕：對美感極為敏銳的攝影師大哥，遇上純真貌美的小妹妹模特兒。

誰會想到，攝影師哥哥的內心，更蘊藏着一副伯樂的心腸。

娟妹初出道時，什麼都不懂。青霖幫她做了一張介紹卡，上面有幾個不同的造型、身材資料，有助廣告公司找她工作。只是，派出的卡片多，回應的人少，娟妹坐冷板凳的日子居多。

青霖認為眼前這位美女妹妹，一方面懂得演戲，一方面又懂得與人接觸，是個娛樂圈的人才。只是，讀訓練班需時，最快的方法是選香港小姐。於是，青霖老實不客氣，拍照、填表，半推半就的將娟妹送進港姐初選的面試。可是接到入圍通知書時，娟妹卻跑到尼泊爾拍廣告，瀟瀟灑灑地失蹤了！青霖只能眼白白地看着選美報到的日子過去。

此情此景，難免會令人以為機會就此消失，幸好皇天不負有心人，第二次的機會轉眼就來了。當時，無線電視台的李添勝需要全新的班底拍《書劍恩仇錄》，他剛好看見娟妹的照片，便邀請她參加試鏡。於是，從來沒認真想過進娛樂圈的羅慧娟，輕易得到了「霍青桐」這角色。

不用參加選美，不用讀訓練班，羅慧娟當上了新劇女主角。青霖在旁看着一切的發生，也沒有太驚訝，也許對他來說，這就是伯樂遇上千里馬，一切都是那麼理所當然。

娟妹是一位很容易跟人混熟的人，認識娟妹一陣子，青霖便這樣向人介紹：**「若把羅慧娟放在一羣陌生人中，只要十分鐘，她就可以跟那些人打成一片。」**

非但如此，因着兩人的交往，娟妹更跟葉家上下成了好朋友。閒來無事，她會到葉家玩，更恃熟賣熟地當成自己家般，看不慣廚房、廁所太髒，便動手來個大掃除。葉家老少都被這女孩的勤奮真誠感動，逐漸成了一家人似的。葉家老父生日時，她還獲邀坐在主家席呢！

在娟妹心中，青霖填補了她心靈上一個「大哥哥」的空缺。娟妹在家中排行最小，與父母兄姊年齡有一段距離，平日難得有機會交談，所以一旦遇上見識廣博的青霖哥哥，她就把握機會請教。

「無論我問什麼，他都會仔細聆聽和分析，然後言精意簡地說出意見，引發我思考。」娟妹語帶感激。

就這樣，青霖闖進年輕娟妹的生命，成為她的良師益友。兩人在交往中，始終念念不忘起初將他們扯在一起的媒介：照相機。

光拍不說，就能捕捉

一個愛被拍，一個愛拍照。兩人一時興起，就會走在一起拍個不停。而跟其他拍攝不同的是，基本上，兩人拍照時是不用講話的。青霖覺得娟妹平時太多話，總提醒她在拍攝時只說「十分之一」便夠。這話不只套用在拍照，也套用在兩性相處上。青霖擔心娟妹容易曝露自己弱點，容易嚇跑一些斯文的好男人，這更見大哥哥的心腸。

不錯，拍攝人像攝影，攝影師與模特兒的溝通很重要，但溝通不等於要滔滔不絕。青霖覺得，拍照時不用交談，愈容易捕捉到娟妹的美——那是一種會被語言破壞的美。

「其實，模特兒是靠聽快門（shutter）聲來感受是否被認同、被

接納，那是一種鼓勵！」有了這種鼓勵，模特兒便會揮灑自如地擺出各種甫士，更享受攝影師連環快拍的認同。

追問這位攝影大師的拍攝方法，原來是「情人眼裏出西施」，他把拍攝對象看成情人，自能把情人獨特的優點記錄下來。過去那些年，他們不為什麼的大量「玩相」，有意與無意之間，捕捉了娟妹鮮為人見、安靜悠然的一面。

愛拍照的娟妹，對着鏡頭就忍不住「chok 樣」（作狀）。有一趟，當她擺好姿勢時，久久聽不到 shutter 聲，抬眼一看，始發現青霖已放下照相機，冷冷地看着她，好像在說：「你究竟怎樣了？」娟妹不敢作聲，逕自回到自己的世界裏胡思亂想，然後，快門聲重新響起。**就這樣，「卡嚓！卡嚓！卡嚓！卡嚓」，通過鏡頭的交流，青霖的「心靈照相機」慢慢地探進娟妹的內心世界，娟妹也悠悠地做回自己；**似是無聲的空間中，或輕或重的一下呼吸，讓彼此心靈碰觸、領略要捕捉的是什麼感覺。

問他倆哪張是最滿意的作品？怎樣得來？原來，又是另一番「沒有計劃」的收穫。

話説某天，兩人平常吃飯時，娟妹突然地說：「喂，有沒有 mood ？影相囉！」兩人回到工作室，在沒有助手、沒有準備服裝的情況下，現場只有兩條絲巾。娟妹用了一條包着身子躺在黑色絲絨上，手中揚起另一條絲巾，加上一枝燈，一把風扇，一把梯子，她在鏡頭下就像淩空似的飛起來了。那照片是葉青霖相當滿意的作品之一。

深深接納與被愛

自此，葉青霖就成了羅慧娟的專用攝影師，娟妹也成了葉大師的御用模特兒。

透過鏡頭，娟妹有着一種被深深接納與被愛的滿足，她內裏潛藏的特質，會更輕易地隨着鏡頭流露出來。娟妹常形容，青霖跟她的話不多，卻相知甚深。萬萬料不到，有那麼一天，青霖要眼巴巴看着娟妹發生意外……

那本是一次浪漫旅程。青霖帶着太太廖安麗與娟妹，到澳洲草原上的一個馬場拍婚紗照。只是，馬兒見到穿上婚紗的兩個美女，真的「馬」魂顛倒，娟妹甫上馬，馬兒一驚，便掙脱韁繩，往前狂奔。

青霖心急大叫：「快跳下來！」說時遲、那時快，受驚的馬兒已揚起前蹄，把輕輕的娟妹從背上重重地摔了下來。

他被嚇呆了，心想：千萬不要有事……十多年後的今天，他說起這件往事，仍猶有餘悸。及後更明白：「原來我好重視這個人，我有跟她說的。」

娟妹瞪大眼睛，不好意思地說：「我忘記了。」

娟妹忘記的只是那句話，卻記得青霖往後無微不至的照顧：天天扶她去治療，什麼七星針、拔罐、敷藥、燒艾、推拿、食中藥，數管齊下，直至她能乘飛機回港。

接近二十年前的事，法師仍記得如此仔細。他說：「那一刻對我來說很重要。」重要，是因為娟妹在他生命中，已不只是一個小妹妹模特兒了……

她跟上帝很接近

一個有原則的人，總是有所為，有所不為；有所重視，有所不重視。眼前的常霖法師，正是這樣的一個人。

數十年的拍攝生涯，旁人眼中，覺得他見盡人間美艷，他確實是廣告攝影界的寵兒。他卻選擇急流勇退，退休前，葉青霖向一羣同業坦率地道出心底話：「我講了三十幾年大話，唔想再講落去。」

常霖法師認為商業攝影的本質就是講大話，愈會講大話的人愈成功。大話怎講？很容易啊，現代科技進步，女人不滿意臉孔可以整容，拍了照片後，可以「執相」。不滿意自己身體的話，可以用電腦纖體。

「執相執到女人連肋骨都沒了，用過護膚品後沒半個毛孔，真人變成了紙上蠟像。」青霖一語道破現代商業攝影的虛偽。為了不想太假，他與客戶多有爭持，但對方說：**「當所有競爭者都是蠟像，自己是真人就輸了。」**

當拍攝的真善美都無法堅持，大概只能選擇退出。當了常霖法師的他，早已謝絕紅塵。倒是今番娟妹的病與盛意拳拳的邀請，讓他再度復出。

那個進行訪談的下午，最吸引我們的便是飯桌上那輯「天使照」。拍照時的娟妹剛做完化療，頭髮脫得光光的，常霖法師建議用

「天使」為主題，讓她穿起一身白衣，柔柔地趴着，那安靜寧謐的眼神，那柔情似水的舉手投足，流露着從容豁達之美。

「你看！表面的病患並沒有影響娟妹的本質，覺得她跟上帝很接近……」常霖法師雖然跟娟妹的信仰不同，卻能攝捉到她仰首望天，那種對天國的期盼。

「她彷彿已準備好隨時回到上帝身邊。」常霖法師凝視着娟妹，柔柔地說。

萬物都在變化，青春不過是轉瞬即逝的好年華，昔日的少女已經走到中年，但在法師眼中：「她的『少女』味仍然很重，真的不覺得她老。」看見法師非常真誠地說出這話，娟妹綻笑如花，的確是少女的神態。

前半生輕易地名成利就的羅慧娟，後半生波折重重。惟一沒改變的，是她由始至終都抓住了上帝。常霖法師在她身上認清了人真的需要宗教信仰，信仰可以幫助人較易渡過人生的逆境。看見娟妹在病裏安然自在，沒有懼怕，反而趁機留下自己的故事幫助別人，法師認為這是可貴的宗教情操。即使大家對信仰的選擇迥異，娟妹眨動黠慧的眼睛強調，絕不影響兩人的關係——「因為他的本性還是需要大大的修行，哈哈……」她的鬼馬本色又來了。

相識數十載，兩人終於在此告別。

常霖法師是在眾多位受訪者中，惟一沒有跟娟妹擁抱道別的。也許是礙於出家人的身分。但從他清澈的目光裏那隱隱的不捨，作為旁人的我們知道，他是繼續用那「看不見」的心靈照相機，「卡嚓！卡嚓！卡嚓！」，拍下娟妹的一顰一笑……在心中。

娟妹是沒有顏色的，這樣才能盛載生命豐富的色彩。
她的人生繽紛極了。

剛剛碰着巧巧的姊妹情

鄧萃雯

遇上這個「傻婆」，我是「執到寶」……自此，大家更肆無忌憚讓內心的小孩奔放穿梭於彼此共聚之間。

鄧萃雯（Sheren），影視界炙手可熱的女演員，也是頒獎禮上的得獎常客。電視屏幕上強悍霸氣，巾幗不讓鬚眉的四奶奶、九姑娘，Sheren 有着堅毅不屈、高不可攀的女強人形象。

羅慧娟，早已脫離影視圈，嫁得如意郎君，投身美容行業。如果想看她最近拍過的電影，恐怕就只有 2009 年參演許鞍華導演的《天水圍的夜與霧》。阿娟給人的印象是熱情奔放、樂於助人、不拘小節，恍如落入凡間的天使。

這兩個女子性格南轅北轍：一個冷靜，一個熱情；一個愛獨處，一個愛熱鬧。難以想像她們可以走在一塊，且成為深交的心靈密友。

當中的化學作用，是剛柔互揉的組合，還是志趣相投的吸引？還是，另有一條微妙的交友方程式……

「飢渴慕道」的紅線

時間是 1998，場景是港人熟悉的金融風暴。

風暴一刮，呼呼呼，捲走了不少香港人的財富。Sheren 是其中一個：賺到的錢用來買樓保值，怎知變成朝不保夕；曾經亟亟追求的愛情，屢屢令她失意心碎，折翼而回。連番打擊，讓她想起「回家」的路——回歸信仰，回到舊相識的「藝人之家」，尋找心靈的避難所。

就是這樣，讓她在這「家」中碰上「同是天涯欠債人」的羅慧娟。因着相同的際遇，令 Sheren 對阿娟心生憐恤，覺得那是上帝託付給她的「福音對象」。

坐言起行。某天聚會結束後，Sheren 把阿娟帶去喝咖啡，繼續死纏爛勸：「你有否想過人生的意義？」

「那時得閒死都唔得閒病……」對阿娟來說，每天盤算着的就是如何欠債還錢，哪有空來思考什麼偉大的人生意義？

Sheren 卻是打蛇隨棍上，喝罷咖啡，還打電話纏着阿娟聊至凌晨。電話掛了線，阿娟也給惹火了，禁不住向天質問：「你是哪門子的上帝？我不肯做你的人，你就派人來欺負我、煩住我……」

怎料，就在這夜闌人靜的時候，忽然傳來一把清晰的聲音：Pray to me, I will show you. Follow me, I will show you.

是夜深眼睏令人起了幻覺，還是……阿娟愣住了，回過神後，她深知這不是幻聽，而是真真實實來自「上帝的聲音」，是上主慈愛的呼喚。那一刻，她內心那道「死硬不信」的牆倒塌了，剩下的，是無法停歇的哭聲，與湧流而出的喜樂。

原來，將兩個人拖在一塊的，是那根「飢渴慕道」的紅線。

向美食同聲 say YES！

相同的際遇，把 Sheren 與娟妹拉在一起，但現實的忙碌，又將她們放回天各一方。她忙着她的演藝生涯，她忙着她的美容事業。

直至阿娟潛水意外的惡耗傳來，Sheren 知道自己責無旁貸：「我看到聽障帶給她的痛苦，很想寵她多點……」於是，從來與人交往都少作主動的 Sheren，竟然一反常態地主動起來。

怎知一「約」，就揭開了兩人個性迥異的底牌。

「三個星期後的星期二下午四時，好嗎？」阿娟向來事事預先計劃，便跟 Sheren 約時間。哪曉得 Sheren 行蹤飄忽！

「一個星期後，好嗎？」阿娟見狀，把約會底線再移。

「三天後，好嗎？」見 Sheren 沒有反應，阿娟又再調整。

「那你喜歡時就找我吧！」終於，做事按部就班的阿娟屈服，把姊妹見面的「主導權」完全交給 Sheren。

旁人看在眼裏，總覺得這樣的組合「不可思議」，但在兩個摯友眼中，卻是那麼理所當然：

「阿娟愛哭就哭，愛強撐就強撐……就是很 simple，也是 simple mind。」正正是這種特質，吸引了思想複雜世故的 Sheren，跟阿娟交往後，Sheren 赫然發覺自己隱藏多年的那個「內心單純的小孩」被喚醒了。

「遇上這個『傻婆』，我是『執到寶』！」Sheren 說時兩眼發光，那份難以言喻的滿足笑容，全寫在臉上。

自此，大家更肆無忌憚讓內心的那個小孩奔放穿梭於彼此共聚

之間。如果把這段友情時刻拍成電影，鏡頭該瞄準兩個手牽着手的漂亮女生，一人拿着一個雪糕筒，一蹦一跳地走在街上。

別以為要逗心思縝密的 Sheren 快樂很艱難，跟阿娟混熟後，兩人的個性融合了，就發掘出更多樂事。其中一大樂事，就是在街頭「逗 BB」。

「我們在外國旅行時，會特意跟 BB 玩，逗他們笑！」阿娟興沖沖地說。

看見 BB 一笑，兩個女人就樂了。

「還有還有，**跟阿娟在一起最爽的就是她什麼都肯吃，我未見過女明星唔戒口、唔識飽！**」藝人視肥胖為一大忌諱，圈中人都格外小心「飲食」。Sheren 暗呼大幸，找到阿娟這樣敢於「向美食說 Yes」的同路人。

台上領獎，台下拍掌

做朋友容易，做彼此事業上的戰友，卻是另一回事。這是許多陷在事業與友情兩難中的當局者語。而阿娟與 Sheren 的交往紀錄中，似乎沒有這樣一回事。

先說 Sheren 吧。兩趟角逐視后，阿娟都是她幕前與幕後的支持者。憶起 2004 年，在《金枝慾孽》中飾演「如妃」一角的 Sheren，帶着萬眾期待的呼聲出席頒獎禮，好友阿娟與劉倩怡到場打氣陪伴。最後賽果公布，她沒有得獎。回憶當時幾十個鏡頭對準她，希望能捕捉她失意落寞、失望難堪的表情，Sheren 微笑着說：「兩位姊妹猶如天使般的保護，使我能昂然步出會場……」

及後，因着《巾幗梟雄》和《義海豪情》中的演技出色，Sheren 兩度登上視后寶座。

正當眾人都以為得獎後的 Sheren 一定頻頻「接 job」，那是為自己荷包進賬的大好時機，當然要好好犒勞自己。誰知道得獎後的第二天早上，她第一個找的是阿娟：「喂，出來吃午飯吧。」

「好呀好呀好呀！」娟妹雀躍回應。兩人甚至沒有化妝，就跑出來吃了頓簡單的午餐。

有誰料到蟬聯視后的鄧萃雯，頒獎禮翌日做的竟是如此普通的事？ Sheren 浮現出平靜而愉悅的笑容，說：「獎項只是過眼雲煙。我最感幸福的，反而是能夠與珍惜的人一起，自在地做着最平凡的事。」

不過，把阿娟與 Sheren 更緊緊扣連一起的，是阿娟的病。

因病痛而緊連

阿娟在發病初期，只發了短訊給幾位親密戰友，Sheren 是其中一位。

> 我知道大家都很愛我，最近也為我掛心了！首先，真的很感恩我們都是主內的肢體，可以彼此守望，這實在是莫大的恩典啊！
>
> 請你先為我感恩這星期一直都有出人意外的平安，也感恩除了偶爾咳嗽，並未有太大不適！然後，:) 請你現在深呼吸接受上帝的恩典啦！～已證實是第四期胰臟腺癌～請不要難過，雖然難免的！也請不要找我老公！我不想他承受太大壓力！我們現往另一專科，若你真的很想見我倆，歡迎到我家禱告。請繼續為我保密！
>
> 愛你的 Jac

收到短訊的時候，Sheren 正在日以繼夜地忙着拍電視劇。

「是真的嗎？得了絕症怎會這樣表達？」她渴望讀到的只是假消息，但又明白阿娟不會開這種玩笑。那刻，她真的嚇了一跳。

「再想想，阿娟既然表達得如此輕鬆，如果我比她更沉重，難道要她反過來安慰我嗎？」於是告誡自己，無論如何，也得輕鬆接受。

好不容易，Sheren 從忙碌中抽身而出，一股腦兒往阿娟家跑，準備探病去。哪知大門一推，看見的羅慧娟小姐一身輕柔柔的瑜珈運動服，Sheren 不禁逗她：「嘩，你終於擁有做明星的身材了。我從未見過你這麼窈窕！」

阿娟立時驕傲地扭擺身姿，得意洋洋地說：「對呀，我現在什麼衣服都能穿。」

看見掛在好友面上的是笑意而不是愁容，Sheren 打從心底為她感到驕傲。她滿以為看到阿娟患重病，必定是幾番生離死別的難過，怎知道可以如此灑脱逍遙。

「這樣多好啊，原來見面不一定要哭哭啼啼。」Sheren 說。自此，她更珍惜兩人共聚的外遊機會。這些日子，她們去過陽光海灘，也去過岸邊看夕陽西下。

還記得，在布吉那個陽光充沛的海邊房間，阿娟仍是「勤力爆燈」的美容顧問：天天忙着護膚保養、敷面膜，還不時處理因為藥物副作用而長的痱滋、眼角發炎、鼻頭暗瘡等等，忙得不可開交。

Sheren 看着她把護膚品一層一層地往面上塗，不禁笑彎了腰。眼前頂着光頭的阿娟，沒有絲毫病容，有的是一身纖瘦的身形，像極了櫥窗公仔般耀目好看。

正當友儕都為她失去了一頭秀髮而難過，她竟每天想着用哪條裹頭巾最美；當人們以為是一條「血路」，她卻走得那麼快樂自如。聽着 Sheren 的分享，阿娟回應道：**「這是因為無論在什麼景況，我都學會了知足。」**

那天，浪花拍岸的海邊，Sheren 站在遠處，看見阿娟像個小女孩般撿石頭，臉上洋溢着幸福的笑容。看着所愛的人在做喜歡的事，原來幸福是這樣簡單的。不知怎的，Sheren 竟然感動得哭了。

如果要找一條公式來形容 Sheren 與阿娟的友誼，那就是「剛剛」碰着「巧巧」：剛毅深沉的 Sheren，碰上溫婉單純的阿娟，兩人的生命因彼此而融化。

說是「剛」與「巧」，同時，也是上主恩手的安排，將兩個人生命共同的交匯點連結。正如文學大師魯益師（C.S. Lewis）在《四種愛》中提及友情之愛:「不是你們揀選了彼此，是我揀選了你們。」

看着兩人彼此依挨的身影，滿足而安逸，讓我們更確切地相信：這是上帝的揀選與預備。

羅慧娟是白色的。白色用來將事物變淺、變光，
她是一支美白劑。

信仰路上的清道夫

張祥志

飢渴問道的阿娟弟子，碰上學識淵博的張夫子，就是一個蜜蜂遇上鮮花，死㨂不放的過程。

「基督徒很主觀，只有他們講，不容許你發問……」事實，有時是這樣的。

但請別抗拒那些問題多多的人，他們往往是真正的尋道者。他們需要的，是一位耐心聆聽，願意排難解惑的「清道夫」，一位樂意為他們澄清信仰疑難的人。

未信主時的羅慧娟，正是這樣一位問題多多、存心挑戰信仰的表表者。

「不要逼我信耶穌，我會反面的！」她面對那些熱情兮兮，想勸她信教的人，一定亮出這道撒手鐧。

偏偏，她身邊的朋友總是死不罷休，多次又哄又騙的邀請她接觸基督教信仰。有那麼一天，她真的去了，並碰上了能言善辯、耐心回應她每一個問題的張祥志，向她傳道、解惑、釋困。逐漸，她從一位反對派成為一位尋道者，一位順服真道的基督徒。

這齣「娟妹遇上張夫子」，沒有「火星撞地球」的激烈辯論與護教，反而是從「腦袋」轉至「心靈」，從尋道問學至彼此互勉。當一個人放下身段，願意在上主面前謙卑俯伏，是這麼美麗，這麼扎心……

從「踢館」至「一不小心」站起來

1998年10月，阿娟被友人「騙」到藝人之家，便抱着「踢館」的心態進去，眾多熟悉的面孔都熱情地歡迎她。面對弟兄姊妹的關懷，她故意表現冷淡，聚會中毫不投入。看見眾人舉手敬拜，阿娟無動於衷，還勸身邊的楊寶玲：「坐下來吧，香港小姐不能這麼難看。」

跟大部分初次接觸基督教的人一樣，阿娟最討厭的是被看成「罪人」。「難道基督徒都是聖人？為何人一定要信主？為什麼基督徒喜歡『埋堆』，不理他人，甚至排斥其他宗教？」她心裏盤旋着許多問題。

那陣子，張祥志正是藝人之家的家牧，主動出迎這位存心挑戰的「問題」少女。

「教會不是聖人俱樂部，而是一個羣體，讓一羣罪人效法主而活。」祥志以開明的態度

回應，逐一詳盡解答。阿娟至今仍記得他説，基督徒「排他」不等於要否定別人，這乃源於人類自然的情感，即如夫婦關係因愛而立約，其實都是「排他」的。人認定了自己屬於上帝，要跟祂立約表明心迹，才會如此。祥志接受阿娟的每一個挑戰，像清道夫一樣掃除她對信仰的困惑。

1998 年金融風暴後，娛樂圈一片蕭條，阿娟的工作量大減，正好讓她有許多時間追着張夫子尋問信仰。藝人之家每週的聚會後，她會向對方窮追猛問，正是這份對信仰的鍥而不捨，讓祥志至今難忘：「阿娟提問時態度認真有禮，絕對沒有惡意鄙視，不然我才不理會她。」如是者，張夫子耐性解説，阿娟弟子用心聆聽，並漸漸喜歡聽道，沒幾個月後，便正式開始尋道了。

問，就得着答案。這些頭腦的認知，的確讓阿娟近道矣。只是最後軟化她的心，讓她歸信基督的，卻是藝人之家眾弟兄姊妹那無條件的愛與關懷。

正是那年，在藝人之家創辦人喬宏叔的安息禮拜中，牧師呼召

有感動的人站起來決志。阿娟心想：「傻的，女人一感動就麻煩了，我才不要起來。」她決意不理會，可心裏不斷有聲音催促，是她無法抗拒的。幾番掙扎後，她形容自己就是追隨心中那份「感動」，「一不小心」便站了起來。原本沒想到要信主的她，終於在踢館不成的七個月後，決志成為基督徒。

實學震真知

飢渴問道的阿娟弟子，碰上學識淵博的張夫子，就是一個蜜蜂遇上鮮花，死採不放的過程。

祥志在藝人之家服侍五年，既是過百藝人的信仰導師，也是他們同行人生的夥伴。祥志常常鼓勵藝人要充實自己，但對着不愛閱讀的阿娟，他明白逼她讀屬靈書籍，並不是建立她信仰的有效方法。於是，想到一個絕招：「金句學習法」。把一些句子化成押韻的文字，看似淺白，卻又饒富深意，如：

「虛名撼俗世，實學震真知。」

「見賢思齊，見不賢內自省。」

祥志解說：「『虛名撼俗世，實學震真知。』顯示了兩種層次。有些徒具虛名的人廣受世俗歡迎，但真正識貨的人不喜歡虛名，只接受實學。」

從此，祥志每次見阿娟，都送一些切合她處境需要的金句，阿娟不但反復思考，也用來教導同事。夫子覺得：「阿娟要講見證，又要教導人，應該要更多地豐富自己。」

片刻安靜後，阿娟又唸出了祥志說過的話：**「人在死亡的大限之下，一切的恩怨情仇，都會升華成為淒美。」**

祥志盛讚她記憶力好、聰明，阿娟撇一撇嘴，說：「要是當年有誰提携我，我今天的成就便不止於此。」夫子忍不住和應道：「要是當年有誰提携我，我的成就也不止於此。」

師徒倆看似「鬥嘴」，但眉目之間，看得出張夫子對這位用功徒弟的欣賞讚譽。說到底，今天的阿娟已將昔日掛在嘴邊的「實學震真知」，成為生活的實踐。

苦難中的學習與榜樣

只是，阿娟信主後的道路，一點都不平坦。先是負資產、潛水意外失聰、抑鬱症，再罹患重病，**羅慧娟絕對算得上多災多難，但祥志驚訝地發現她從沒有自覺不幸。**

曾聽過一句話：「當苦難臨到時，總有要學的功課。」好學不倦的阿娟，就是這樣從每一趟的苦難中思考、學習人生的課題。

如潛水意外後，醫生告知她失去聽力，要即時動手術。聽到噩耗，她沒有大哭大叫，更提醒自己要記住這刻的感覺，將來拍戲說不定能用上。新加坡治療的兩個月期間，因為聽不見半點人聲，她便學習在無聲的世界中，與上帝對話。

聽到這裏，不少人心裏都會問：「信耶穌的人常說神會保守，遇到困難卻問『怎會這樣』，阿娟可有懷疑神的同在？」

「不！正因為及時信了主，在那段無助無聲的日子，我才知道向誰禱告，在風雨中更深深經歷與神同在的平安。」

又如確診患癌，當大夥兒為她悲傷時，阿娟總先說：「哭什麼呢？不過是死而已，我要去更美的地方！」

「羅慧娟就是這樣。」祥志曾經反復思考她在想什麼，想是她性格樂觀、願意表達，更重要的是，她對上帝有一份單純無比的信靠，才會屢遭苦難而不放棄。

這天，張夫子跟阿娟談論苦難的課題，大家不約而同提到另一位代表人物——蕭芳芳。

祥志發現阿娟訴苦說難時，總像在做「棟篤笑」，處處令人發噱，正如電影《女人四十》的蕭芳芳——面對着患了老人痴呆的家翁，情況日趨惡化，卻能以幽默演繹出苦中作樂的智慧。

祥志道：「電影中，蕭芳芳用了很幽默的方式面對悲慘的狀況。這跟阿娟是完全一致的。」

阿娟猛地點頭：「對啊，我真想學習芳芳姐的幽默，我太喜歡她了。」

原來，發生潛水意外後，蕭芳芳曾主動找阿娟，過了幾招給她，教她如何應付身邊人。例如拍戲時，芳芳姐會拿着本子，用寫字及畫公仔告訴場內所有人：「不要在身後叫我，要拍我，因為我聽不見。」然後，芳芳姐定睛看着阿娟，說：「你要注意自己的心。」

最令阿娟大惑不解的是，芳芳姐一見面，便指着胸腔問她：「你這裏怎麼了？」

「可以的，沒事。」阿娟輕鬆地回應。因為她根本不知道芳芳姐在說什麼。

後來才明白，**聽障者最大的傷害不在耳朵，而在心靈，那是一種無人理解的強烈孤單感，最容易侵蝕聽障者的信心。**所以芳芳姐一直關心的，不是她的耳朵，而是她的心。

往後一次的大除夕倒數，阿娟再有機會訪問蕭芳芳有什麼新年願望。蕭芳芳這樣說：「我要控制心裏的聲音。」這一趟，阿娟終於「聽」懂了。要從聽障的世界走出來，最重要的，是懂得面對內心那把負面的聲音。

祥志就是這樣智慧地引導阿娟去尋找其他跟她遭遇相近的生命師傅，讓別人的經驗成為她的榜樣。

「我常常想，芳芳姐做到，我都能做到。」阿娟這樣自我期許，祥志看見，心更欣然。

碰觸人生的極限

如果說羅慧娟信了耶穌，有什麼最大的改變？其中一個可能是：昔日她取笑基督徒的那些行為，如今竟實現在自己身上。

比方昔日，阿娟常取笑好友黎美嫻愛把「感謝主」幾個字掛在嘴邊。有一次阿娟乘坐她的便車時，黎忽然大叫「感謝主！感謝主！」阿娟緊張兮兮地問：「咩事？咩事？」黎激動地說：「有車位啊！感謝主。」阿娟很怕別人什麼都感謝神，上不了廁所、睡不着都祈禱，她看重個人努力的付出，而不是坐着等候施予。

「你現在不也變成了凡事『感謝主』嗎？」祥志反問。

「經歷這麼多磨練，現在明白了努力不一定能得着，要努力再加上恩典才得着。」有了經歷，體會到人的軟弱與渺小，阿娟學會了倚靠的功課。

祥志讚賞道：「你的境界高了呢！中國人的成功是天時、地利、人和的結果，人頂多能控制『人和』，誰有把握控制他人的想法？成功是計算不了的。**許多人自視太高，自以為能掌握一切而生出惡念。**」因為身體的軟弱，阿娟觸碰了人生的極限，因此比別人更明白是誰掌管生命。祥志看出阿娟體認了這個道理，甚至比他更懂得交託。

又比方昔日，阿娟曾經跟隨祥志讀《聖經．傳道書》，當時的她少年不識愁滋味，以為負資產已經夠苦，已夠「虛空」。怎知，十年後走到了生死大限前，她才領略到生命是怎麼一回事。

近日，阿娟參加了一次藝人之家聚會，祥志分享〈傳道書〉第九章，說：「人死後什麼都沒有了，我們為了今天活着擁有種種的份，為了能珍惜、享受這個份，包括當中的愛恨嫉妒，都要獻上感恩——因為我們真正活過。」聽到這番教導，台下的阿娟喜樂無比，因為她知道自己做到了，也感受到自己快要畢業了。

患癌初期，醫生估計阿娟只能活三個月至半年，阿娟打完抗癌針藥，意志消沉了一陣子。原以為只能活幾個月，怎料既沒死去又醫不好，於是，**她決定改變遊戲玩法——「不要活得長壽而沒有意義，要每一天都祝福別人。」**

說到這裏，祥志除了師長般的語重深長，還流露了一種父親對女兒的憐愛：「如果不計算年日的長短，世上有千百億人的生命都不及你活得盡情，活得圓滿。」

聽後，阿娟就確定了他日的追思會要以「慶祝生命」為主題，因為她——全然活過。

祥志聽罷，不住點頭。

開始的時候，祥志是阿娟在信仰、屬靈、思想上的啟蒙者，今天，夫子從這位學生的生命中見證了信仰的真實可貴，並大大鼓舞了他：「要是有一天到了絕境，我一定會記得羅慧娟，這個笑看苦難的姊妹。」

看着他們的分享，我們想，走到人生的另一階段，誰是師傅，誰是徒弟，有時也不必分得這麼清楚了。

阿娟的表面是燦爛的黃色，但下面有一層灰。
灰色代表她的苦難，惟燦爛的黃色較多，
因為她的生命明亮。

EQ大師與倒楣小姐的逆境實習

余德淳

離開世界，不過是億萬年之中的幾日，在永恆裏是極短的時間，我們不必介意日子長短。反而要爭取這些片段中有內容，有色彩……

現代人碰上逆境，通常有幾個面對的方法：

一是趨吉避凶，逃之夭夭，不打算面對；

一是嘗試面對，但遇上艱辛即「閃」，甚至走回頭路；

一是不管「三七二十一」，相信萬事發生非偶然，皆有上主心意。更相信，人在面對，天在看顧。只是，能這樣抗衡逆境的人不多。

樂觀而帶傻氣的羅慧娟，更是異數中的異數，她不但認為人生遇上倒楣事十常八九，仍本着一份「唔知死」也「打不死」的意志，見關過關，愈走愈有勁兒。

這天，且讓我們看看這位倒楣小姐，碰上 EQ 大師余德淳，如何見招拆招的精彩故事。

咁即係點？

遭逢 1998 年的金融風暴，羅慧娟與許多香港人一樣成為負資產，身家縮水、工作量鋭減，加上聽覺傷殘，巨大的經濟壓力使她陷入人生最逆境。渴望明燈指引之時，她主動找上了 EQ 專家余德淳。

余 Sir 以一貫陽光燦爛的笑容問她：「你覺得自己有什麼恩賜優點？」

她直截了當地回應：**「聽不到了，我死剩把口。」**

這樣的妙問妙答，讓余 Sir 發掘到阿娟的口才，便帶她到幾所小學參觀，讓她看看「教育」為何物。阿娟心想：「睇完即係點？」

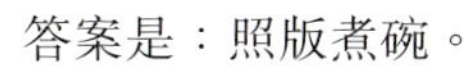
答案是：照版煮碗。

2003 年，兩人合辦一間提供親子成長課程的機構。正當一切準備就緒，訂製了招牌、設計了廣告商標，卻被沙士迎頭一擊。課程辦了，招完生便要辦退款，最終的結果是：血本無歸。

難得的是，余 Sir 懂得自我開解：「面對逆境，這趟不是講理論，而是我們親身『走火警』，試過了，以後便懂得教人。」把課程停辦形容為「火警」，而不是「火燒」，正是高情緒智商的表現。

另一邊廂的阿娟，屋漏兼逢連夜雨，她實在笑不出來。心裏積壓着憤怒，既聽不進余 Sir 的提醒，也早已失去探索前路的耐性，她又呼喊着那句：「咁即係點？」

表面看來，噩運似對他倆死纏不放，但他倆沒有被擊倒。正當全城瀰漫着對沙士疫情的恐慌，連街也不敢上，什麼事也不敢做的當下，他們卻感到要為社會做點事，合力炮製了一張《AQ 解疑》的光碟，由阿娟做主持，與不同行業的人談逆境。這次合作沒有帶來多少商業利益，卻為許多孩子帶來正面的鼓勵。

不過，要在如此劣境中逆流而上，對社工專業的余 Sir 容易，對阿娟卻是「老鼠拉龜」，不知如何「搵位」。

阿娟既要供樓，又賣不掉負債的房子，更看不見合作的出路，便開始嘮叨：「你叫我搵位，點搵啊？我又不像你的徒弟能教人。」余 Sir 總是以充滿鼓勵的語氣說：「得㗎啦你，得㗎啦！」

沒有比這更抽象的鼓勵了，阿娟心裏涼了半截。

那時，TVB 剛好找阿娟回去工作，每月一萬幾千的收入帶來了一絲安全感，抱着「少撈多 show」的心態，機會接踵而來，她竟奇妙地應付了每月龐大的開支。艱難的日子，她學會了一定不可以為明天憂慮。

回到電視台工作之時，全城仍被沙士陰霾籠罩，阿娟感到要發放正面信息，便與監製商量製作抗逆節目《開心見城》。她這次還擔當主持，邀來了余 Sir 做節目受訪者談逆境商數，倒楣小姐與 EQ 大師再次合作，攜手在主流頻道散播正能量。余 Sir 看見阿娟在迷惘中仍懷盼望，知道她具備了面對逆境最重要的心理質素。

扶慣別人，自己也強壯起來

阿娟的人生步伐就是這樣：起初是見步行步，不知前路，但只要踏出一步，前路就會在眼前展現。

與余 Sir 分道揚鑣後，阿娟的第一步是重返電視台，第二步就踏進了 Mary Kay 當美容顧問。

Mary Kay 是一間以《聖經》真理為本，定意幫助女人的美容化妝公司，阿娟在不經不覺間成為香港區的高層，領導一班婦女開展事業。可是這些同事帶來一大堆的生命問題，婚姻的、成長的、工作的、破碎家庭的……未學過輔導的阿娟，只好四出向專業朋友求助，輔導員、精神科醫生、師母……統統都找來了，她當然也想起了余 Sir。

再次見面，余 Sir 好奇她每天怎會花大量時間聆聽下屬的生活需要，更開放了電話隨時支援，忍不住道：「按社工專業看，這些人哪能幫你賺錢？你倒像開了一間老年女童院。」

「是超齡女童院！」阿娟補充說明，朋友都擔心她負荷不來，余 Sir 卻驚喜地說：「不過，你搵到位啦！」

談及阿娟的團隊，作為社工專業的余 Sir 不禁搖頭：「她們真的複雜，最特別是你想幫她們，她們卻放棄自己，這些人在外面不可能找到工作。但你的信念很強，相信她們有希望。我那時才知道你『好呢味嘢』。」阿娟會心地笑了。

余 Sir 說的「呢味嘢」，指的是阿娟開放自己，與有需要的人同行。因為百分之九十的助人者會與受助者保持距離，限制傾談時間與範圍，然而，許多人的問題並非每週見一次面就能解決。於是，余 Sir 夫婦多年以來，都在家裏接待成長有困難的年輕人，包括未婚媽媽、離家出走、經濟有困難、剛出獄的孩子，陪他們走過艱難的成長路。

阿娟特別記得 Mary Kay 有一句勉勵：「You can do it and dream what you want.」她自嘲性格帶點傻勁：「這羣女人非常難搞⋯⋯起初我心想，她們不都是基督徒嗎？怎麼基督徒教人美容，自己怎可以油頭垢面？她們怎麼只說不做？我真看不過眼。後來才明白她們都是苦女人，心受了傷，要先幫她們處理個人問題，才不流於空談夢想。」

人總是為自己夢想，當阿娟真正為主來夢想，把別人的需要放在自己之先，就得着了上帝的祝福。那陣子在關懷生命與追趕業績之間，她天天都在操練信心交託的功課。

「你扶慣了一些被打擊的人，連自己都強壯多啦。」沒見一年多，余 Sir 覺得阿娟很不一樣。

「我發現自己原來對人很有興趣。如果不是這工作崗位，我就不會接觸這麼多逆境中人。即使認識也不會深入地相處、同行。當我憂慮明天時，卻看見她們連今天都沒有；她們一臉愁苦，但我還

有一張長得不錯的臉……那時心裏沒有憐憫，但這樣比較一下，倒覺得自己不算太慘。」

話說回來，阿娟充滿逆境的生命同樣鼓勵了這些苦女人，當知道聾的都能摘下銷售冠軍，她們都被鼓勵而積極起來。彼此的逆境，成了彼此的祝福。

阿娟在 Mary Kay 看見許多血淋淋的生命，上帝又感動她固執地選擇同行；此刻她看着為「呢味嘢」笑聲不絕的余 Sir，恍然大悟地指着他：「是你！你把家當作收容所，這事影響了我！你是我生命中一個重要的師傅！」

愈來愈認清生命的真相

當余 Sir 在娛樂雜誌的封面得知羅慧娟患病，便主動給她發信息 —— 他的妻子得了同樣的病，也許能給她一點支持。兩人見面時，但見阿娟流露着喜樂平安，還在問候舊同事的近況。余 Sir 佩服不已：「一個人心情不健康是不會記掛別人的。阿娟以前也有頑強意志面對困難，但她會覺得自己倒楣，**如今她明白了一切都有上帝的美意，真的徹底順服，左看右看也不像個重症病人，而是充滿希望的人。**」

癌症開始了生命的倒數，病者怎會不害怕？余 Sir 自己又怎樣與太太渡過困難的日子？即使曾任職護士多年、見慣生死的余太，在證實患胰臟癌那天也哭了。阿娟瞪大了眼睛，問：「EQ大師如何抹乾摯愛的眼淚？」

「得病兩年，她只哭過那麼一回。」余Sir輕鬆地解釋：「她覺得自己要死了，我也一定死定了——她擔心我不懂照顧自己，既不會做飯，病了也不看醫生，還得照顧家中幾位老弱的病人。她清楚說出種種憂慮，我表示會努力學習，向她證明我不會因此而死掉，她就沒再哭了。」

死亡能夠幫助人認清生命的真相，余Sir與妻子天天說最坦白的話，毫不忌諱地談「死」。余Sir鄭重地說：「一定要坦白。因為夫妻之間一避開談死亡，就知道對方在找話題，那就沒趣了。」

「太太的手術成功後，身體漸漸回復力量，我鼓勵她去做一生沒做過的事，起初是唱詩班、講見證，後來是學溜冰、韻律泳、保齡球、圍棋。我辭掉工作陪伴她，看着五十多歲的她被十八歲的少女拉着學溜冰，真怕她會跌死；後來帶她去學韻律泳，甚至到保齡球場，一把年紀走進那些地方，好不尷尬。不過她很開心，時間表滿是不同的興趣班，看病不過是順路經過做一做而已，每天過得充實而精彩。」笑聲之後，余Sir問阿娟：「你可有什麼很想做的事嗎？」

「我只是想陪伴家人、朋友，還有珍惜時間做這本書，把好信息傳出去。」

「有目標是非常重要的！我太太患病後四出講見證，分享沒有懼怕的生命經歷，她說要向上帝交功課。」

「對啊！死亡不是終結，我還報讀了一個自我成長課程，可能有人覺得奇怪——人都要死了，怎麼還要成長？但我想好好整理自己的生命才去見上帝。」

一般來說，癌症彷彿擲下一個黑色的日曆，咒詛似的粗框擋住了病者的視線；但因着信仰，余太和阿娟卻有永恆的目光，做了許多正常病人沒心情做，卻非常快樂的事。

笑聲不絕的最後時光

快樂是真實的，痛感同樣真實，女性對於疼痛尤其敏感，余太因此經常懷疑癌症復發，於是余 Sir 仔細記錄她的身體狀況，以數據去化解太太的神經緊張。

回憶摯愛患病的日子，余 Sir 喜滋滋地數算恩典：「我們沒有失去什麼。太太曾經認真地說過，如果沒有胰臟癌，我頂多星期天下午在家。她病了之後，我每星期只有週六上午才工作，幾乎天天黏在一起，一輩子的時間都不及這兩年精彩。」

「治療費用不菲，每次到私家醫院結賬三萬多、買藥八九千。向來精打細算的太太忍不住說：『咁貴，唔好醫我啦……』我瞪大眼睛，認真地跟她說：『好彩是你生 cancer，換上是我就大鑊了，原來你會因為嫌貴就唔醫我。』聽罷，太太就笑了起來。」

太太曾建議他將來續弦，余 Sir 竟這樣回答：「『我決定不再娶老婆了，因為冇咁多意外會找到一個好似你咁好。』然後我說出真話，『我們以後會在基督教墳場合葬。』太太緊張地說：『你一定要跟我葬。』『最怕我娶了別人，她把我葬到別處，我死了任人擺布就大鑊。』太太馬上回應：『那你還是別再娶了。』」

笑彈連珠炮發，阿娟連連點頭，大表認同：「這樣過日子，珍惜多了，快樂也多了。但你們怎會沒有一絲傷感？」

「現在我每月與『女兒』(寄宿在他家的年輕人) 上一次墳場，她都會跟我訴說太太經歷過的恩典，讓我感到安全感無處不在，不用怕。」雖說是心理專業，余 Sir 仍然覺得太太未死，看見丈母娘也好，家裏曾照顧的孩子也好，都有她的影子。人是走了，處處都有她的美善。

太太離世三年半，至今仍有尋找故人的來電，聽來就覺得難以面對，余 Sir 非常樂意示範應對方法：「哦，你們很久沒見面吧？她上天堂了，要遲些才見面啦。」每月拆開寄給她的信，都變成了甜蜜的事情。

出席了余太的安息禮拜後，阿娟給余 Sir 發一條短訊：「很欣賞你在安息禮拜過程中一直微笑。」余 Sir 告訴我們：「感激阿娟常常肯定我。在靈裏要健康、對神有信任，她像給我沖洗了一張照片，幫助我檢視自己。」

每次患難都有祝福，余 Sir 曾經與阿娟在逆境中創路，如今當上她的逆境先鋒，談笑風生地說：「離開世界，不過是億萬年之中的幾天，在永恆裏是極短的時間，我們不必介意日子長短。反而要爭取這些片段中有內容，有色彩，要是你有春天的計劃、夏天的積極、秋天的收成、冬天團聚的溫馨，那麼一天就能抵上一年。忘記日曆，單看人生的質素已經夠好了。」

意大利雕刻大師米開朗基羅 (Michelangelo) 說過：「如果生命

是愉悦的，死亡應該也是，因為兩者都來自同一雙手。」

與妻永別，怎會不淒涼？賜人生命的那雙手，讓倚靠祂的人飽嚐愛的美善，絕不會賜下恐怖的死亡。余 Sir 抓緊了相知相愛的每天，努力逗她笑逗她歡喜，彼此珍重地過日子。許多人也說阿娟給身邊的人示範了怎樣面對死亡，而阿娟總說自己幸運，是因為在這段患病路上，在面對許多未知的時候，余 Sir 這位前輩示範了如何舉重若輕地渡過難關，還特地前來為她打氣加油，生命就是這樣彼此祝福。

今天的她是淺紫色，裏面有紅、藍、白。
白是和平的心境，藍是憐憫心，紅是堅定的信念；
她有足夠《聖經》知識去肯定這事發生的原因。

因為單純，所以連結

高聖芬

「美在皮膚的深處」。真正的美麗是對正確的價值觀有自信，是愈看愈美麗。

大部分進職場的人都覺得：升職與否，一看天分，二看運氣。前者說的是個人潛質，後者說的是有否遇上貴人。

羅慧娟在 1999 年步入職場，並在美容事業上屢創佳績，靠的卻不是這些。如果要挖掘當中有什麼重要的竅門，我們深深覺得：一是單純，二是勤力。

這一頁，我們找來「玫琳凱」（Mary Kay）全球首位華人首席督導高聖芬（Grace），談談她們的師徒情緣與合作點滴。這位來自台灣的星級導師，是怎樣與來自香港的羅慧娟認識磨合，至今日心靈相通、心意相近？當中的轉折與掙扎，想必也會勾起我們對自身處境的反思吧。

銷售天后駕到

説真的，這位美容導師來頭不小，發迹的故事也跟阿娟不遑多讓地傳奇有趣。

來自台灣的高聖芬曾是個普通家庭主婦，在單調生活中失落了自己，二十二年前投身「玫琳凱」──一家透過免費美容班進行產品銷售的美國公司，在堅持「信仰第一、家庭第二、事業第三」的文化下，她不單發展出個人事業，也建立了許多婦女的生命，成為月入過百萬台幣的職場高手。

今天，Grace 身穿套裝裙，胸前別着幾隻象徵「玫琳凱」最高榮譽的鑽石大黃蜂別針，高貴優雅地坐在阿娟身邊，分享這份長達十三載的師徒情。

大明星陪我吃喝購物耶！

談及兩人的認識，阿娟捂住嘴巴笑了。「1999 年，我很需要工作的時候，友人介紹我認識 Mary Kay 的亞太區總裁。我以為他找我做代言人，便答應他出席公司的大型活動。」在那個場合上，她遇上初次來港的 Grace，便主動上前攀談：「你來香港幹嗎？」

「我也不知道。公司叫我來看看，我祈禱後覺得平安，就買機票來了。」剛接觸 Mary Kay 的阿娟，眼見公司的星級顧問在港竟乏人照顧，反正自己閒着，俠女個性的她主動提出陪伴逛街吃東西。

「我覺得她很有愛心啊！」Grace 由衷地說出第一印象。直至兩人無論走到哪裏，都有人過來稱呼羅小姐，她才知道羅慧娟那麼有名氣，**「想不到她是大明星耶！竟願意花一整天來陪我，感覺好幸福！」**

事實上，Grace 才是職場令人趨之若鶩的大人物，只是阿娟壓根兒不曉得，也無意發展什麼美容事業，那她幹嗎要靠近這位高貴的女士？

阿娟罕有地帶點靦腆地說：「那時開始要到台灣、內地工作，我想練習普通話……」

原來兩人的相識，從一大堆美麗的誤會開始，Grace 也說：「她帶我到處吃美食，我後來才知道她經濟狀況不好，我好難過。她非常大方，很捨得為別人付出。」

阿娟裝着哭腔道：「所以呢，風光的外表不代表什麼……」

沒多久，阿娟到台灣工作，順道往 Grace 的工作室看看。Grace 真心想把這品牌介紹給她，又為她示範化妝：「我不知道香港人喜歡淡淡的口紅，還給她塗上鮮亮的粉紅色。」

「是正粉紅色呀！很可怕……我一出門口就擦掉了。」阿娟吐吐舌頭。

「但她很有禮貌，不會板起面孔。」

「我不會傷害別人的心嘛。」接着，兩人又朗聲大笑了。

「種子」徒弟的真相

Grace 落實在香港開發市場，便招了兩名「種子」徒弟，羅慧娟是其中一個。說到得意弟子，Grace 忍不住稱讚道：「她一口氣把所有產品訂下來，從頭至尾都親身體驗一下，我沒有見過這樣認真的美容顧問，她真的很乖。」

阿娟歎了一口氣，激動地說出真相：「當時我以為要做代言人，哪知道是做美容顧問啊？還說買產品可打五折。天啊，怎麼當代言人還要付錢？我已經夠窮了。要不是看在總裁的情面，我才不會花這幾千塊錢。因為心裏不服氣，東西買了都擱在家裏不用。」

許多人看見她那麼「支持」，都即時勸她投身 Mary Kay，阿娟感到自己像一塊肥豬肉，她不想被利用：「當時我經濟狀況很差，很多心理關口過不了；我放不下面子去教美容，而且心裏充滿憤怒。可是看着 Grace 當日沒有什麼人脈都能成功，我想我也可以。」

正在此時，阿娟獲邀在電台主持美容節目，解答聽眾問題。她沒怎麼推銷，好些人都自行加入了 Mary Kay。接着的日子，她偶爾會收到 Grace 的電話：「親愛的，你好棒啊！」當下阿娟模仿她的語調，「棒」的發音格外用力。這樣說來，阿娟最後加入 Mary Kay，只是無心插柳，半推半撞而成就的。

「沒做過什麼就被稱讚，我真不懂到底有多棒，太奇怪了！」阿娟毫不掩飾地說出心底話。

「當時我每三個月來香港一趟，想調教兩位徒弟，可她們各有各忙，我等不到她們，沒事幹就去 shopping。挺開心的……」即使遭到學生忽略，Grace 仍持續來港，「不過，我每次都爭取時間與她們吃飯，建立友誼。」

阿娟噗哧一笑：「明明是天后級的督導，卻被我們冷落了。」

同年，羅慧娟潛水發生意外。Grace 心想，她大概做不成演藝了，相信 Mary Kay 能夠幫助她，便繼續苦口婆心地分享。於是，阿娟開始認真拿起擱在家中的美容產品，細細研究每種成分；苦候半年，Grace 覺得時候到了。

「最奇妙是你從來都沒說不做。」Grace 吐露心底的想法。

「是啊，我沒說過不做，只是想知道怎樣做。」

失聰人士做銷售工作談何容易？但阿娟的表現令 Grace 驚訝不已：「有一次我來觀課，顧客說想學美白，她卻教人怎樣保濕。我坐在後面一直在冒汗，神卻保守，那客人居然買了一大堆。」

阿娟馬上搭腔：「是啊，真是『九唔搭八』！」

「**我從沒帶過一個聽不見的美容顧問，業績卻非常好**，我真的很佩服你。」阿娟體貼細心，極具親和力，Grace 直言：「跟她在一起很舒服，每次來香港都覺得不是來教她，是被愛，被照顧。我們很快就變朋友了。」

其實，不只是朋友式的照顧，阿娟更在 Grace 最需要幫助的時候，拉了她一把。話說 Grace 也曾面對事業低谷，一年內掉了六名首席 —— 營業額迅速下降，連地位也險些不保，阿娟挺身而出，為師傅四出求助，並適時把她介紹給解英崗牧師，為她的處境禱告求問，獻策解困。最後，Grace 回應神的呼召，歸回 Mary Kay 的核心精神，重新建立團隊，親自處理旗下一個個生命，建立出真正的職場門訓系統。

徒弟認真，矛盾即現

認清工作的異象和目標，是為美容服侍的工作打穩根基。對 Grace 如是，對阿娟又何嘗不是？

阿娟在 2004 年認清了上帝要她透過這工作祝福更多人，開始真正順服委身。她一委身，祝福就來了，不到兩個月就晉升為督導。Grace 嘖嘖稱奇，因為她當年要用九個月才攀上這個職級呢！

看見徒弟認真起來，師傅本來應該非常安慰，兩人的矛盾竟在

這時顯露出來。乖學生怎麼不聽話了？

阿娟解釋道：「**當我愈用心工作，便愈發現有問題。**」

許多人都以為明星做銷售特別有優勢，怎想到當阿娟待人愈好，人們愈覺得她心懷不軌。大家的言談、表情與反應，都對阿娟帶來許多傷害，任她多努力預備教材，下面的人仍是諸多批評。平白受到委屈，阿娟痛苦極了，便向師傅求助：「為什麼我付出那麼多，卻換來怨言不絕？你經常稱讚我，卻沒有具體教我什麼。」於是 Grace 慷慨地說：「把人帶給我吧。」

「既然 Grace 不介意教導我的美容顧問，我就依賴她囉，沒想到同事都因此看扁我。當時香港公司只兩人，我們欠缺培訓，卻要承擔那麼多工作。坦白說，我心裏怨她怎麼從來不教我銷售策略。」

徒弟開始給師傅壓力，Grace 坦言：「她是個很有計劃的人，跟我要求系統化。我是個很隨性的人，感覺差不多就好了。可我不知如何跟她說明，總是推說『想想看』，然後就沒再談。」

「你沒交代囉！我知道你在敷衍我。」阿娟撅着嘴巴道。

「後來有機會看到你家的衣櫃那種有條不紊，就明白你要求什麼水平，我就徹底投降了 —— **我沒辦法給你我沒有的東西。**」

一個師傅要承認自己的限制，實在不易。為師的 Grace 一心想阿娟更上一層樓 —— 成為香港第一位「首席督導」。為了幫助她的事業突破，Grace 把中國非常成功的首席督導一個一個帶來香港，讓她們和阿娟直接交流。

師傅一番好意，徒弟卻別有想法。阿娟告訴我們：「我知道 Mary Kay 是地上的事業，也是職場事奉，沒把榮譽與財富看得那麼緊。2006 年無論我去到哪裏，大家都追問我什麼時候升職，確有一定的心理壓力。Grace 想扶拔我，後來內地的『首席』來了，我反而清晰知道自己要把她們帶到神面前，不是利用她們。」於是，阿娟一心與她們分享信仰。事業沒突破，生命卻豁然開朗。

「公司銷售部門那五十個最高級的，我帶了接近一半人信主，我自己的信心亦變得更扎實。她們每個人下面有幾萬人，只要我能影響一個人的家庭，就有機會影響幾萬人的家庭，想到這裏，我便起雞皮疙瘩了。」阿娟着緊的模樣，十足一個要用指頭運算的女生。

有些事沒有如願，Grace 還是會順服：「我知道自己要了解她很不容易。但我又看見神大大使用了阿娟，我便放下自己的想法，更接納她。」

「謝謝你當初這份單純分享的心，在我不相信自己的時候，你相信了我。因為這份信心，讓我也有能力相信別人。」阿娟哽咽了一會，再道：「你也讓我明白只要願意，有行動與堅持就能成功。別人不成功是因為心思有問題，你清心倚靠神，所以成功。」

「大家都說我單純，我終於遇見一個比我更單純的人。」阿娟頓了一頓，輕輕捉緊 Grace 的手，「請原諒我，我起初以為你高高在上不願意教我，後來才了解你真是糊裏糊塗的過來。我知道在工作過程中，有些話曾經讓你受傷，我不是故意的。我從來沒有不聽話、不順服，只是不明白而已。我是很愛你的。」

說到這裏，兩個女人眼眶都濕了，手疊手緊握了好一會兒。

當阿娟放膽向師傅剖心分享，源源的體諒像瀑布瀉下，「我知道你的工作壓力很大。整個市場充滿競爭，中國很多有才能的首席……你可以觀摩她們教學的方法，可以學她們的系統，但國情不一樣，你不需要學她們的強勢。你是具親和力的領袖，要發揮柔軟的優勢，這顆柔軟的心，是神給你的屬靈的芬芳。」阿娟溫柔地對師傅作出肯定。

這次訪問見證着兩個美麗女子，含着眼淚的相依扶持，正是一幅「姊妹和睦同居」好得無比的圖畫。而這段情誼的進程正是：她們由吃喝的朋友變成師徒，由師徒變成靈裏密友；兩個曾經迷惘的女人，在神的國度裏找到自己的位

置，以地上的事業賺取天上的獎賞。

美在皮膚的深處

「艷麗是虛假的，美容是虛浮的。」（《聖經．箴言》31：30）兩個從事美容專業的基督徒，怎樣定義美麗？基督徒女性是否就不用注重外表？

Grace 想了一想：「一個有愛的女人，就有一種溫暖的美。很多人長得好看卻冷若冰霜，真正的美，是來自那人跟基督之間的馨香之氣。阿娟患病應該會很憔悴，但她非常平靜安穩，依然渴慕神，與神的關係親近，我竟看不出半點病態來。」

阿娟很明晰地回應：「艷麗不等於美麗，艷麗是太炫目的誇張。我想起一句話：**『美在皮膚的深處』。真正的美麗是對正確的價值觀有自信，是愈看愈美麗。**如果人家看你兩眼就不想再看，就代表你裏面沒內容。當然，一點外在美都沒有，又怎能吸引人去留意你的內在美？」

Grace 補充道：「外在美代表了對自己的愛，一個人如果連自己都不愛，就沒有能力愛別人。二十多歲的女孩最需要有自信，自信的女生非常有魅力，讚美的氛圍、發揮的舞台，都能建立女孩的自信。」

阿娟連連點頭：「《聖經》說：身體是聖靈的殿，要用聖潔、尊貴來保守自己的身體。上帝住在裏面，怎能如此邋遢？以前我美容是為自己，現在是為了見證神。」

羅慧娟常笑言自己是「過氣明星」，但她絲毫沒有明星的姿態，親和友愛如鄰居的大姐姐，她不化妝都願意跟我們拍照，身體衰殘卻嘻哈笑鬧地過日子，因為對死亡無懼無畏、對上帝堅實的信靠，她明亮的眸子總閃爍着生之盼，這份歲月偷不走的亮麗，既是美而不自矜，也是充滿了內容。

阿娟是綠色的。那是大自然的顏色，是一種平靜柔和的溫暖，而且有愛。

吸收大笨象 喜迎僕人牧者

何志滌牧師

作為羊仔，我很欣賞自己的牧者，明明知道他很忙都可以這樣輕鬆自在，我是非常想學習的。

銅鑼灣鬧市中心是維多利亞公園，公園對面的高樓頂豎立了「耶穌是主」的大燈管，向我城作出最堅定的信仰宣告，這組帶着信息的燈管，由一所時尚的教會佈置。這所教會就是播道會同福堂，原本只是一所百多人的教會，在幾年間增長四千人的大堂會，而且充滿活力，何志滌牧師正是這所教會的主任。

何牧師是一位基督教圈內備受尊重的牧者，他身穿灰黑色西裝，黑白灰的頭髮，戴一副黑框眼鏡，感覺很「潮」。他與羅慧娟是牧者與羊兒的關係，後來因為妻子羅乃萱與阿娟情同姊妹，也待她親如家人。這話怎麼說？還是從這所屹立於鬧市中的教堂——主內的家說起吧。

蒙福教會的文化

何志滌牧師的事奉曾與藝人相關——他曾擔任「藝人之家」的牧者，因此對藝人並不陌生。對於羅慧娟，何牧師有何印象？

牧師未開口，阿娟已搶着説：「我早已是過氣明星。」

「我不覺得你『過氣』，因為一直在傳媒看見你。有些藝人在牧師面前有不同表現⋯⋯阿娟很坦率，心無城府。她講見證的方式很特別——別人總説因為基督徒的好行為而被吸引，她卻會分享對信仰的抗拒，把基督教説得一文不值似的，然後再説明自己為什麼要信主。很少人把見證講得這麼真實。正因為她夠坦白，展示出真摯的心路歷程，能打動人心。而且我很欣賞她沒有架子，沒有用『藝人』身分上教會。」

「上教會可以用藝人身分的嗎？」阿娟不明所以。

何牧師不置可否地笑：「我們教會不可以。從前人數少的時候，我們完全沒有訂明規矩，你也是自出自入的，對吧？人數多了，我們就一起訂立規矩，人人平等，不會特別招待誰。例如崇拜前必須在門口排隊，這是我們教會的文化。説實在，有些名人不喜歡這樣就走了，這是他們的選擇。我看見你每次都排隊。」

「身體出了狀況之後，我就沒有排隊了。」阿娟説。

「這是對弟兄姊妹的一種合理體恤。」牧師回應道。

「我不會擺架子。有一陣子我不喜歡上教會，是因為對那些過度熱情的接待吃不消；我很難投入唱詩，每次都在唱第一首詩歌時才到場，在唱最後一首詩歌時離開，順便避過人潮。」

何牧師補充：「雖然如此，我知道你很穩定地參與崇拜。」

阿娟骨碌着雙眼：「你怎麼知道？」

「弟兄姊妹崇拜時喜歡坐固定的區域，我站在台上一目了然，知道誰來誰沒來。」何牧師分享這有趣的發現。

阿娟對同福堂滿有歸屬感，這份情是怎樣建立的？

「起初還沒有投入教會，遠遠地看着你們事奉，感到你們是實實在在地做事。我很怕人們表面『虛火』，背後說三道四。這些年見證了教會由百多人的小堂會擴充至大堂的過程，大家都有清晰的共同異象，看見神的工作與弟兄姊妹的信心，我就覺得我們教會是蒙福的。」

何牧師說：「我們是一所具宣教異象的教會，但叫人出去傳福音，也得要那人願意去才行！我看見你不以福音為恥，熱心分享信仰。然而你的積極也許會為別人帶來壓力。漸漸，我知道你會反思自己的光景，想裝備得更好才事奉，我就看見你的成長。」在牧師印象中，最深刻的是阿娟常帶新朋友回教會，呼召時又陪着他們出來決志。

「以前一心向前衝，可能是血氣的想法。」阿娟道出了事後的反省。

何牧師對阿娟的牧養是「台上台下」的。阿娟喜歡何牧師很生活化的講道，又說：「牧師容易給人高高在上的感覺，但你非常關懷人的感受。例如每次崇拜時在台上交接，你都會與同工擊掌，又常感謝同工，讓人感受到事奉團隊的團結。」

「你很會觀察，也很愛教會。」何牧師點頭回答。

牧師的悠閒之道

阿娟在 Mary Kay 當領袖，多次實戰後，她深知管理工作不易，她說：「**我很喜歡學習，但學校的傳統着重培養乖女孩，沒有人教我分析事情。**這十年八年，我腦內幾乎沒有思考機制，只有感覺機制，加上我完全沒進過職場工作，忽然當上別人的上司，我完全沒底。她們都知道我好，但我不懂怎樣教人，很需要學習。」

所以每次看見何牧師，阿娟都會追着他討教：「教會有那麼多人，牧師一定很忙，怎樣接收信息，怎樣發布而讓人接受並樂意行動？當知道教會缺錢，牧師怎可能沒壓力呢？但我沒看見你皺眉頭，總是笑意盈盈的。」

「我要處理的事很多，就算不眠不休都做不完，我一定要有優

先次序，加上祕書知道我的考慮，便懂得替我推卻。一切都按規定而行就不會超重。」何牧師仔細解說了他平時如何安排工作。

聽後，阿娟覺得很不可思議：「我聽見他的原則。他並非光說不做的，而是身體力行。聽說你一星期七天都講道，或者兩天講七堂道，怎可能？」

「每年的講題早在一年前已開始思想，即使走到世界各地，我的內容核心都不會變。加上每天早上與師母一起讀報，出門前基本上都知道香港的新聞，而駕車的三十分鐘一定聽烽煙節目，聽市民怎樣罵人、思考這些事怎樣影響弟兄姊妹，心裏就大約有了內容。」

阿娟好像上了一門課、恍然大悟的樣子：「你不只知道神，也知道人；知道各教會的狀況，又知道世界經濟。面對教會不同類型的弟兄姊妹時，你知道怎樣與他們傾談，既不讓人看扁，卻也表現謙遜。這種人際關係的層次很高呢！我開始明白『見什麼人說什麼話，為要得着更多人』。」

「我學習認識世界發生的事對人有何影響。1993 股災，我與朋友在中環吃午飯，整個中環的食肆異常冷清，我朋友吃飯時還手震。《聖經》信息是最重要的，於是我將神的話結合世情來講道。」

在旁的師母說出一件神奇的事：「據說牧師兩三個月才開一次執事會，每次一個多小時。每月才開兩次同工會，非常有效率。」

「開會很浪費時間嘛。我平日當然有方法關心同工，而且我很信任他們，表明要是出什麼岔子，我都會承擔責任。當同工與執事清楚知道自己的角色，各按各職，就不用花太多時間討論。」

「如果你做生意會好勁。」阿娟由衷地說。

何牧師老實不客氣地應道：「係㗎！做教會工作其實好像做生意。」說完，他自己就笑了，「一條街有五間教會開着門，我就會思考怎樣令人由不信主，到願意走進我們的教會？為什麼人們一直在這條街上走，最後都跑進了茶餐廳？《聖經》教導我們要『去』(使萬民作我的門徒)，同樣我會思考怎樣令弟兄姊妹出去，並吸引人進來。」

「要明白人的需要很重要，但很難，而你很堅定持守信仰核心，堅持我們不是消費式的教會，在『市場』與信仰之間取平衡，不會因為迎合市場而失去立場。作為羊仔，我很欣賞自己的牧者，明明知道他很忙都可以這樣輕鬆自在，我是非常想學習的。」兩人見面就會這樣聊天，我們把阿娟叫作「吸收大笨象」，而她竟不禁稱讚何牧師是「知識大笨象」，把大家逗得哈哈大笑。

既是牧師也是「姐夫」

阿娟信主後沒幾個月就聾了，那時，她跟何牧師還不熟稔，及後有機會參加牧師在家進行的小組，便發現牧者的另一面。

阿娟未説先笑，「牧師在家會悠閒到逗貓咪玩……有一次，他推推女兒的膝蓋，與女兒打眼色，做鬼臉，女兒也是這樣俏皮地回應，兩父女心照不宣，這種默契好有趣。他與女兒的關係不只寵愛那麼簡單，一定花了許多時間來建立。」

「因為事奉忙碌，為了爭取時間與女兒相處。由她唸幼稚園到現在工作了，我都儘量送她出門。」

「我每次與師母逛完街，你都能接她回家。」阿娟真的目瞪口呆，「老婆儘量接，女兒儘量送，你哪來這麼多時間？**何志滌牧師果真是活在馬大世界，有馬利亞的心。**」

「我鍾意睇波、睇電視，你問我昨天的球賽誰贏了，我都知道。」何牧師笑道，「我的紀律來自太太，我是向她學習的。」

阿娟直言：「她的紀律我們能看見，你的紀律是沒有人看到的。」

「我儘量不把公事帶回家，而且我們夫婦倆習慣晚睡，每天都有足夠時間聊天。」

「你們的相處令人羨慕，我很驚訝怎麼三十多年仍能那麼恩愛？後來與師母熟起來，關係就更微妙了 —— 你既是我牧師，又好像是我姐夫。」

「一次我到你家跟師母聊天，你回來就很不好意思似的，生怕吵着我們，靜靜地坐在旁邊切水果，切好放在盤子就回房間去。」阿娟愈說愈興奮，指着師母哇哇大叫：「嘩，他照顧你又不打擾你，這麼好的丈夫哪裏去找！我們看見都流口水。」

何牧師看着師母，反問：「我有做過這些嗎？」

阿娟非常欣賞地說：「我知道師母好幸福，因為丈夫那麼細心，而且你對她的愛充滿包容接納。師母說過，她很感激你讓她自由飛翔，發揮恩賜。自此，我既尊敬你是位好牧師，也尊敬你是位好丈夫。我很少看見男人這樣服侍女人，這些不用言語的默契才令人感動。」

「我接她回家，可以順道見你幾分鐘。正如我接載女兒去上班，不過是幾分鐘，但一天幾分鐘，一輩子加起來就夠多了 —— 我從前讀會計的，精打細算嘛。」

教會肢體有不同的需要，何牧師回想跟阿娟這一段關係，說：「你跟其他弟兄姊妹不同，因為你是我太太的『妹妹』、我女兒的朋友，像家人。因為你們成為『姊妹』，我就變了『姐夫』。而我以神第一、家庭第二；我在教會不能優待你，就得有智慧地表達關心。」

「嗯，謝謝你用平時的接送來累積關係。」阿娟也對牧師送上一份祝福：「我這樣的小角色都想有人接班，有徒弟是好開心的事。你們這些人要足智多謀，有愛心，又要堅定。我很想看見你有得意弟子接棒，相信下一代應該更精彩。所以，我希望你生養門徒眾多，pass it on！」

說過祝福和感激的話以後，何牧師夫婦與娟拍了一張合照，看起來真的是一張家庭照。

她既聰明又喜樂，生命力頑強，很青綠；她也是明亮的紅。

一個人要夠明亮才想吸收別人的好，自知不足才想學習。

最佳拍檔的暗戰

蘇如紅

當公司說獨立運作有助業績增長，最佳拍檔被拆……為什麼要把我們分開？為什麼不可以一起努力？為什麼要削弱我們的力量？

有人說，職場其實是個人際森林。當中，勝者為王，敗者為寇。

真有那麼可怕嗎？有。事實上，可怕的不是職場，而是人心隱隱埋藏的貪婪、嫉妒，我們無一倖免。

羅慧娟（Jacqueline）與蘇如紅（Ivy），曾是情同手足的好姊妹，職場上的好拍檔。然而，一下「升職選角」的暗湧，挑動了事業野心，幾乎毀掉一段大好的姊妹情誼。

在升職與友情的十字路口，這一對好姊妹是如何反省抉擇，如何逃出妒忌紛爭的虎口？

這個黃昏，她們流着淚在訴說，我們紅着眼在聆聽。

與大明星做同事

先從她倆的邂逅前傳說起。

話說Jacqueline在1999年5月糊裏糊塗地加入了Mary Kay，那其實不過是一張幌子，掩飾財政困頓、沒有工作的尷尬。豈料她又莫名奇妙地升職，最後成為香港最高級的兩位美容顧問之一，絕對稱得上是扶搖直上。

一個不懂銷售的人，又不懂如何鋪排工作的晉升，懵懵懂懂地，竟闖出一番成績，這是阿娟自己都始料不及。至五年後才真正抓緊了從上帝而來的使命，開始求主賜下「肥羊」，**「肥羊」的特質是FAT——Faithful, Available, Teachable**，有了這三大素質的團隊，她才能得心應手地投入教導美容班，建立團隊。

Ivy本是一位熱心佈道的福音歌手，十六歲便投身音樂事奉，習慣在舞台演出，另一方面，她也參與女童院的歌唱服侍。當得悉好些女孩跟她學完唱歌後當上「陪唱」，Ivy心有不甘，既不想幫助她們成為「紅牌阿姑」，卻又明白自己只懂教人音樂，於是祈禱求神讓她知道怎樣幫助女生找一份具尊嚴的工作。某天，她懷着好奇心上Jacqueline的美容課，隨後在電郵中讀到「事業機會」四個字，便吸引了她找Jacqueline聊天，兩個人同樣對女人生命、對家庭有負擔，她們一談到上帝的奇妙作為，就兩眼發光。

阿娟心裏大聲呼喊：「肥羊送上門了！」

最憎人阻礙我

自 2010 年下半年，羅慧娟因為休養身體而已退下工作前線，兩人見面的機會減少，今天，Ivy 甫坐下便主動分享最近遇見誰、認識誰、看見什麼，她談到上帝再次燃點自己心裏的夢想。Jacqueline 雙手交疊胸前，微笑着聆聽，Ivy 説到感動處就哭了，Jacqueline 及時會意地把紙巾推放在面前。

畢竟，只是職場的同事，為什麼靈裏的相知竟如此深切？我們懷着這個問題，聽她們細訴彼此相交的印象。

對 Ivy 來説，羅慧娟是小學時代在兒童節目內活潑開朗的短髮姐姐，一個遙不可及的明星，她是以小影迷的心態走近 Jacqueline

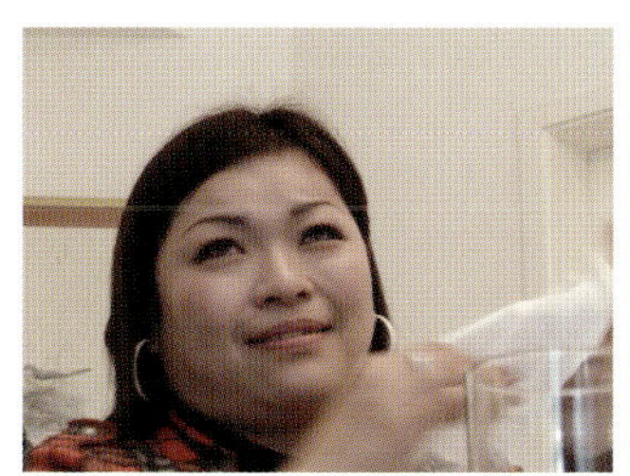
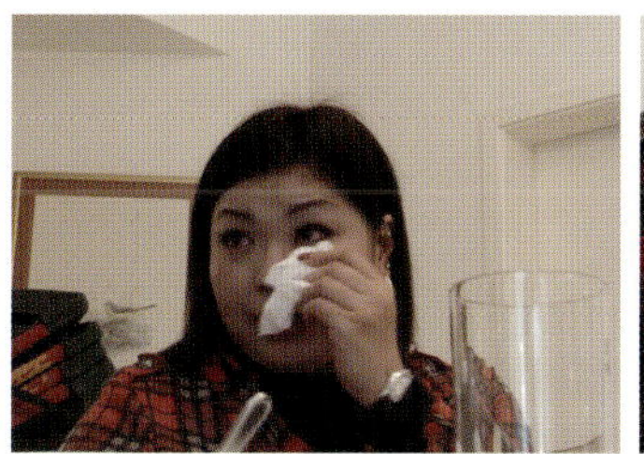

的。談到這位成為工作夥伴的姐姐，Ivy 說：「她會毫不吝嗇地付出愛，常常稱讚我，信任我，有什麼重要事都與我商量，讓我感受到自己很有用。」

Jacqueline 以肯定的語氣說：「Ivy 處事很有謀略，她極有智慧，因為她敬畏神，順服神，她用愛、讚美和接納與姊妹同行。」

Mary Kay 的企業文化像個家族，在她們的團隊裏，如果說 Jacqueline 是媽媽，Ivy 就是大家姐；Jacqueline 有美容的專業，Ivy 是個已裝備的門徒，懂得領人歸主，建立生命。兩人沒有計較階級，彼此學習，互補長短，勤力地開美容班，勤力地進行團隊培訓，業務蒸蒸日上。表面上的銷售團隊，同時是一支精鋭的福音部隊，回味那段同甘共苦的日子，Jacqueline 滿足地說：「我們的感情非常好。」那是因為她總是看到人性美好的那一面。

Ivy 大情大性，愛惡分明，她直截了當地說：「我很怕麻煩，受不了太囉嗦、猶豫不決的人，誰阻礙我，我就憎惡誰。」

她到底在講誰？是 Jacqueline 嗎？在商業機構，跟明星做同事是一回怎樣的事？

別看羅慧娟長得亮麗奪目、衣着打扮一絲不苟、工作勤奮認真，然而，在職場女人堆中的幾番交手，沒有經驗、沒有機心的她，亦曾令 Ivy 哭笑不得⋯⋯

有一次，香港幾個團隊到南京參加工作會議，Jacqueline 提早一天到達，四出張羅了一番，一腔熱情地想宴請家族裏的同事吃飯，卻沒想到要先得人家同意。會議進行期間，她忽地走到台前發出邀請，呼籲想吃飯的同事報名。由於事出突然，眾人面面相覷，甚至自己的團隊都反應冷淡，沒有給她面子。

「我看見你在別人的團隊面前出醜，而你應該沒有察覺出來。當時我又急又難過，心想：『你幹嗎又這樣？』」

大夥兒看見「Jac 媽」這樣失禮，有人悄聲對 Ivy 說：「你快叫她回來吧。」

「這已經不是第一次了，怎麼總要我來收拾場面？」Ivy 氣上心頭，想着想着，就退到牆角哭了。

Jacqueline 連忙接話：「我發現她哭，又不明白自己到底做錯了什麼，便跟着她一塊兒哭。散會後，我追問她，『我要跟你說清楚。怎麼我們的關係會變成這樣？』」Ivy 被勉強留下來，聽她說出了想法，才知道她是「一片丹心」的為人好，雖然很糗，她還是接納了 Jacqueline。

「那時真的沒有智慧。」聽着 Ivy 重述這段往事，阿娟搖頭歎息。Ivy 也說：「現在我學會了要有耐性。」

肥羊離羣，團隊崩潰

雖說職場是個廝殺戰場，Jacqueline 卻是全力扶助 Ivy，合力發展團隊，並同心傳福音。**兩個思想單純的人並肩前行，不知怎的就頻頻得獎，業績快速增長，Jacqueline 壓根兒沒感到 Ivy 會威脅自己，還以為這是「打不死，拆不散」的黃金組合。**

問到兩人之間可有比較與嫉妒？Jacqueline 一聽便搖頭，並把目光投向 Ivy；Ivy 眼珠子轉了一圈，說：「我有的。」說完便爽朗地大笑，然後認真地再強調：「我有的。」這句話，她當下就重複了三次。說時，豆大的淚珠已從她眼眶流下。

這時，隱隱感受到訪問場景的氣氛忽地凝重起來。

「我在第一年做了督導，第二年年初升為資深督導，年底再升上了與她相同的職級。」公司的要求是，只要營業額達標，又能建立自己的團隊，便能升職。短短兩年，Ivy 就已經與 Jacqueline 同一級別。

因為 Ivy 急速冒起，在工作評估中備受好評，公司高層悄悄跟她說：「你的表現很好，是時候爭取升職了。」意思是再努力一點，就可以成為全港第一位「首席督導」。

「首席督導」是所有同事夢寐以求的目標，但這意味着要她脫離母隊。Ivy 不想忘本，更不願破壞與 Jacqueline 的關係，馬上回答：「我不要，讓 Jac 媽升吧。」高層直指她自私，怎麼為了「不健康的關係」而放棄對更多婦女的祝福？

為什麼說是「不健康的關係」？原來升職是對婦女的祝福！畢竟，人望高處啊……在「升職是可以祝福更多人」的誘惑下，Ivy 逐漸讓慾望在內心的幽暗角落孕育生根。

Ivy 清澈的眼眸仍泛着淚光，誠懇地看着 Jacqueline，如實說出當時的想法：「我表面跟她感情很好，其實開始不聽她話，故意分開辦活動，我看來仍然努力帶領美容顧問信主，建立她們的生命，但我只為自己旗下的人打拚，覺得做的事都正面，沒有什麼不好。」

Jacqueline 流露了無助的表情，憶述那段失去同伴的日子：「我很需要 Ivy，她的表達很有條理，很有感染力。Ivy 召集人能一呼百應，換了我出來，她們的樣子彷彿在說：Jacqueline 又要開訓了，總是無人聽從。」

頓了一頓，Jacqueline 模仿 Ivy 拍枱吩咐人的樣子，續說：「我沒有這種氣勢，也不懂運用權柄。要是我兇起來，她們會覺得我變了。」她再裝出女人常有的壞嘴臉，自己也噗嗤地笑，然後回復認真，說：「我一定要夥拍 Ivy，像父母似的一剛一柔。**那時候突然覺得身體的一部分給拿走了，我很痛。**」

Ivy 在旁皺着眉頭聆聽，Jacqueline 把手按在心房，回憶道：「你離開了母團隊，不只我難過，我下面的人都受影響。因為我沒有領導能力，也不懂帶團隊，她們就不聽話了 —— 她們只想聽你的。你一走開，我的團隊就潰散了。」

當公司說獨立運作有助業績增長，最佳拍檔被拆散，如同被置於兩條賽道上，競逐一面獎牌。Jacqueline 心裏充滿不解：「為什麼要把我們分開？為什麼不可以一起努力？為什麼要削弱我們的力量？」

每當她坦然表達團隊的需要時，Ivy 總能巧妙地避開，圈裏的肥羊變成一尾滑溜滑溜的錦鯉，輕易滑出了掌心。Jacqueline 想以身作則做示範，下屬沒興趣看；她努力開課，沒有人回來學習，加上身體狀況不好，結果愈用力愈見累。

不是競爭，而是祝福

這種膠着的狀態維持了一段時間，Ivy 雖然看在眼裏，卻這樣「鞭策」自己：「我知道她很孤單，我不斷自我催眠 —— 在職場就是要這樣忘我無情。」

然而，千古不變的定律卻是：惟有拆毀，才能重建；惟有在團隊破碎以後，上帝的能力才能臨在介入。Jacqucline 這時才開始學習管理，也學會了以後要重視的不是業績，而是生命質素。

只是，被拆毀的，不只是團隊，還有Jacqueline的身體。

當Ivy接到Jacqueline患上惡疾的消息，她恍然清醒過來，「我到底在做什麼？主亦提醒我：『你是否搞錯了？你們不是要競爭，你在這裏是為了祝福人！』」她罵自己當時沒仔細聆聽上帝的聲音，倒聽從了人的聲音。於是決定回歸母團隊，並在眾督導面前向Jac媽道歉。

職場充滿誘惑與試探，基督徒最重要知道怎樣彼此相愛，這正是最容易被惡者攻擊的地方。Ivy柔柔地細訴人生這一課：「神教懂我什麼是愛，什麼是隊工，什麼是真正的合一。合一不是叫人迎合你，而是用心去愛身邊的夥伴；不是要超越對方，而是並肩前行。以前我太驕傲，故意不看心裏的幽暗。現在我只想到回歸阿媽的範圍，讓下面的人知道什麼是團隊，怎樣彼此相愛。」從此，兩人學會了做「天鵝」。

Ivy雙手比畫着演繹：「天鵝是這樣的，即使雙腳在游動，水上的身體仍然保持優雅，我們以這種方法回應高層的要求。」兩個人並肩而坐，優雅地搖晃身體，默契十足。Ivy繼續補充：「我們要學會有智慧地處事，並更多地禱告分享。發展策略以外，最重要的是生命。發展策略、人事與職位都會變，惟有在真理中行走，我們才能清心地過日子，回復最熱情、最開心的狀態。」

單純的Jacqueline搞不懂這些來龍去脈，但見Ivy領着走失的團隊回來，就如看見浪子回家的老父般安慰，說：「總之重新在一起就好了。」

為主來夢想

Mary Kay 為羅慧娟與蘇如紅帶來榮譽與失敗、親密與疏離，最終因為一份最厚實的愛，Jacqueline 的團隊又重新建立起來，其他督導也陸續歸巢。問 Ivy 現在對工作有什麼願景，她說：「我們希望看見 Jacqueline 當上『首席督導』。」

首席督導？Jacqueline 已不再為業績拚命了，怎能更上一層樓？沒想到這並不需要當領袖的 Jac 再幹什麼，以前撒下的種子，如今正是開花結果之時 —— 她訓練出來的督導是時候上台表演了。只要她們的業績達標，Jacqueline 就能成為首席督導；訪問之際只剩一人尚未過關，眾姊妹都放下自己的事來扶助她。一度潰散的團隊，因為愛而重新團結，此時此刻，我們看見破鏡重圓，看見成人之美，看見 Ivy 展現出大家姐風範。**曾經競賽的對手，重返同一條賽道 —— 這一回，她們看清楚是一場接力賽，朝着同一標竿，是為了分享同一面獎牌。**

人生要學會說四句很簡單卻重要的話：Sorry, Thank you, Goodbye, I love you，看見 Ivy 在自省裏發現自己的問題，持守信仰，有認錯悔改的勇氣，而 Jacqueline 有饒恕的胸襟，破裂的關係在愛裏得以重建。上帝不但「送羊入娟口」，更是給她看見這「美的使命」能薪火相傳的遠景呢！

Jacqueline 是藍色，代表晴朗天空，燦爛且滿有希望。
她很想自己常是朗朗藍天，卻難免有時帶幾抹抑鬱的深藍，
即使遇到再大的困難，她都有低谷反彈的韌力。

To: Jacqueline
My Sweet
Angel

風暴中的快樂天使

康貴華醫生

在心理醫生那裏，我學會了兩件事，原來我是「心靈二世祖」——自己沒有，還要不斷付出；還有就是，情緒的反彈力太強……

追求快樂是每個人的心願，但快樂並非必然，人生難免苦難，愛恨與怨憤會使人陷入情緒深淵；人無法發泄出怒氣，就不自覺地把它轉到自己身上，自我貶低、自我否定，變成抑鬱。

抑鬱症已經是全球性的流行病，它甚至會成為頭號殺手，患者感到人生無望，無法快樂起來，這絕對需要尋求專業意見。只是社會大眾對此病仍有忌諱，病者不願看精神科醫生，害怕吃藥會變蠢，害怕一輩子低落，可愈是迴避，愈容易失掉自己。

康貴華醫生（下稱「康醫」）是本地著名的精神科醫生，他天天面見情緒病患者——因為各種苦難而破碎的生命、在風暴中呼天搶地的生命。羅慧娟就在意志消沉的日子來到他的診所。

初次聽過阿娟的經歷，康醫即時想到的是：「她的壓力是多重的。作為精神科醫生，如果我啞掉就麻煩了，因為再不能做自己喜歡的事。」這位醫生不只看到患病的表象，還能感同身受，有一顆珍貴的醫者仁心。

傳媒報道下的羅慧娟離不開「坎坷」、「幸福短暫」、「苦命」—— 先是被身體的殘障與經濟的壓力拉扯，接着是抑鬱症，婚後兩年又得了癌病云云。認識她的人都知道，這只是最表面的報道，因為她的幸福寬闊而恆久。康醫在阿娟患癌後，兩人進行過幾次較深入的傾談，發現她流露了一種很不一樣的生命表現。在專業與屬靈的目光中，康醫如何「診斷」出阿娟在絕望之地站起來的力量，真的是源於信、望、愛？

強者也會抑鬱

阿娟的記憶力非常好，在每次訪問中，總是她首先說出與受訪朋友的相識年月，而這次竟是康醫先開腔：「我們是 2004 年 11 月 8 日認識的。」

「嘩，你怎會記得？」阿娟難掩驚異的表情。

「我來這裏前溫習了牌板。」康醫淡淡地道來，引得阿娟樂乎乎地笑了。

康醫回想曾經寫在牌板上的病況：「你看似精神飽滿，與人談話很有反應，不是抑鬱，而是適應上的疾患（Adjustment Disorder）。」看見我們似懂不懂的，他解釋道：「失聰後那段日子，你仍勉強做主持，又要負責美容顧問、顧客服務等，全都是難以勝任的溝通工作。」

「對啊，聽不見別人說什麼又不好意思問，經常處於瞎猜的狀態，很累。」

「壓力終究是壓力，面對難關時，人需要付出加倍努力、心力去抵擋，正如賽跑冠軍在衝刺後都會氣喘，身心乏力。抑鬱症受生理影響，會影響睡眠、進食、體重、工作能力、集中、記性、人際關係……你熬了五年才找我，很了不起的啦。」

「我是必須工作的，一是因為經濟壓力，二是做人要有目標。」那一回，康醫只用上輕量藥物，阿娟在三個月內就好起來了。

社會上對抑鬱症充滿誤解，許多人以為軟弱者才會患上情緒病，談到這問題，阿娟大感氣結：**「朋友猛叫我開朗一點，我哪裏不開朗？他們根本不明白，我真是愈聽愈氣！」**

「抑鬱症那種抑鬱，與有事不開心的抑鬱是兩回事。反應性正常的憂鬱，只要給些時間就可以。我們不知道有多少是心理性，多少是生理性，不過一般六至八個星期發揮藥效，病人就不會尋死。」

「但很多病人不想吃藥，害怕副作用。」阿娟認清了抑鬱症，並不忌諱避談，她甚至曾把有病的同事帶到康醫那裏。

「病人要跟醫生合作，吃藥後有什麼副作用，醫生要聆聽，並作出調整。如果一下子處方太強的藥，病人會吃不消；病人情況改善了，重返工作崗位，醫生亦需要再調整藥物的分量，不然病人會很辛苦。」

心靈二世祖

說着談着，我們才知道阿娟跟許多抑鬱病者的求診經歷一樣，不是一開始就遇上合適的醫生。

「未找康醫前，我見過心理醫生。那次經驗令我很不服氣……那時我仍是負資產，已經夠窮的了，面談一節竟要付二千多元！

「在心理醫生那裏，我學會了兩件事：原來我是『心靈二世祖』── 自己沒有，還要不斷付出；還有就是，情緒的反彈力太強是很危險的，他建議我想辦法收窄幅度與密度。花了這麼多錢，我一定會永遠、永遠記住！」最後那句，阿娟幾乎是逐字吐出的。

「這樣也有用啊。『心靈二世祖』的確是你的習性，我看見你後來學會了調節。」康醫依舊從容，「人的性格有兩面，如能認識好的一面，並作出調整，這就是人的互動。」在他眼中，似乎每一件事都有建設性。

「記得 2004 年的時候，我寫下了『你的支援網絡不夠』。**你不斷為別人付出，自己有事卻無人支援**，現在你身邊有許多天使，應

該是後來慢慢地建立起來的吧？」

阿娟坐直身子，「嗯，這個病讓我成長了很多。以前我不知道自己的限制，總因過度付出而耗盡。現在學會給自己把脈，當我開始情緒波動，便會停下思考：我是氣那些人，還是自己體力不夠？有時也要分辨自己是心情不好，還是崩潰。」

「你一做事就很雀躍，人們不但覺得你沒事，還會增加對你的要求。」

阿娟不住點頭：「對！那時我愛說『無辦法』，後來反省到『無辦法』即是沒有希望，但我未至於絕望吧；不是完全沒辦法，而是『我可以選擇』。於是，我慢慢改掉這『口頭禪』，沒想到連心態也改變了。」

早年見過康醫生兩次，阿娟都能在三個月內停藥，及至 2007 年真正嚴重發病（也是傳媒添油加醋的那一次），她很自然地又回去找康醫。想起那一次，康醫說：「那一次我給你的只是有限而表面的幫助，是你對愛的堅持，最後幫助你自己走出低谷。」

阿娟彷彿陷入了沉思，「愛，真是窮一生也學不完的功課。現在我學會了放手。信仰幫助我接納自己之餘，也學習愛自己而不偏離，知道自己的價值。」她的語調再放慢了一點，眼眸裏面是一抹溫柔：「我很喜歡這句：『我們愛，因為神先愛我們。』愛要恰如其分，不然只是透過幫助人來肯定自己。一旦省察自己有這心態，我會毫不猶豫地退後。」

寬恕，不可思議的力量

作為精神科醫生的康貴華，接觸過許多命途多舛的病人，他可有問上帝怎麼有這些苦難？「有，我經常都問，即使不是發生在自己身上，而是發生在病人身上，我都會問為什麼這個人『衰到頭頭碰着黑』，一浪接一浪的波折。我想來想去都覺得不是人自找的。」

阿娟對上了康醫的目光，回應：「我現在不問為什麼啦，問了也不會明白 —— 神的意念高過我的意念。」

患難是人生必然的事，卻又那麼難以面對，我們在難關中該怎樣自處？有沒有什麼情緒大忌？

康醫分析道：「一旦面對患難，人或多或少都有負面感受，這是自然的，沒可能即時變得正面，重要是如何縮短負面期，抽身而退。如果覺得人生不公平時，把責任推卸予上天或罵天、咒罵自己、後悔……人只會停留在負面思想，便無力減輕當下的苦楚，甚至會令人際關係變差，更加討厭自己。這些反應不只虛耗精力，患者也無法靜下來看看如何面對生活、珍惜眼前人。當然有些更嚴重的是否定自己有病，最後因為強撐着過正常生活而崩潰。」

康醫講得明白，我們也聽得專心。他頓了一下，再說：「**世上許多苦難並不是受苦者自招的，落入其中的人不是要聽道理**，除了聆聽與理解，也要讓他明白自己有負面反應是正常的。要是那人有信仰，我會鼓勵他坦坦白白的質問神，神最怕子女不與祂談，不要切斷與神的關係。

「我們要認同無論正面、負面的情緒都是自然反應，讓他們盡情地表達與發泄後，就會流露出哀傷。這時身邊的人與他一起哀哭、一起感受、一起祈禱，他才不會光靠自己的力量。」

阿娟進一步了解康醫的工作後，肅然起敬，再追問：「你常常

聽人發泄辛酸，那可以是沒完沒了的吧？你怎樣應付呢？」

「一個不斷嬲怒的人，給他再多的時間訴苦也沒幫助。待他發泄後，我會教他寬恕。寬恕有幾個步驟：盡情控訴對方、為對方辯護求情、反省認自己的錯、毋忘感恩，這些都有助他處理情緒。」

「寬恕是很難的。以前我會驕傲，不覺得自己有做錯什麼，只認為明明是那人不好！現在懂了，事情發展成那個局面，原來我也做過幫兇，讓人踩過界。」阿娟爽快地承認。

康醫續解釋他的「寬恕五部曲」：「寬恕具有不可思議的力量，由等待別人得到報應，轉為處理自己內心的影響，這絕不是吃虧，而是讓你重新找回自由，心裏更平安。只懂懷怨的人會由受害者變成迫害者，最後活得無比痛苦。

「寬恕，不是站在道德高地去放過別人，而是明白凡人都有錯，解開心結，對自己的幫助更大。」

患難生老練

告別抑鬱症，阿娟在 2008 年結婚，並專注發展美容事業，康醫沒想到兩年後的八月又會在診所再見她。

阿娟向他宣布：「我中咗招。」

「嘎，中招？」康醫說自己當場呆住了。此刻的他笑着憶述那幕片段，「她說得很輕鬆似的。她這麼年輕，癌細胞擴散到骨與肺，已經無法開刀，並要經歷非常辛苦的化療，『咁大鑊』，她反而平靜得很。」

「他很有趣，竟然跟我說希西家——《聖經》中一個將死的王，嘩，明明要死，神竟再給他十五年生命！」阿娟指着康醫仰倒沙發上說。

「面對這麼大的考驗，我擔心你會否再抑鬱。不知道你是否表面撐住？**你演技那麼好……所以，我做評估的時候要格外仔細。**」這真是經驗！

康醫續說：「這麼嚴重的病，你依靠神而沒有失望，又坦白承認治療的辛苦會令情緒崩塌，然後漸漸經歷神的照顧與恩典，沒有埋怨。我思考你的生命表現時，想起《聖經·羅馬書》5：3-5節說的，『患難生忍耐，忍耐生老練，老練生盼望』。忍耐不是強忍，它包含了放手，不再執著於自己的期望，放手以後，人就輕鬆多了。再堅強的人都有耗盡的時候，你遇到這麼大的患難仍有喜樂，耗盡了也沒有對生命失望，這是真正的成熟。」

「以前怨過了。在治療耳患的過程中，我不斷埋怨，後來經歷了神，讓我明白『你算係咩』。我開始看見自己的微小，不再是『我我我我……』，而是看見別人的需要，就醒覺沒什麼好埋怨的。」

「懂得反省才有謙卑，才想到改善，人靠自己是改不了的，我看見你倚靠上帝的心。死亡大師伊莉沙白（Elisabeth Kübler-Ross）說過：『生命的最後一程是成長的機會。』看見你面對這次危難的表現，令我想到阿伯拉罕在獻以撒前都經歷過信心的功課。我就明白從前的一切，都是幫助你變得老練的基礎課。」

阿娟眼睛發亮，謙虛地說：「不想別人覺得我強，我是經過多次練習才有這力量。」

「她的確是老練了，成熟了。」康醫語帶肯定的向我們說。

「醫生向你宣告生命的限期，但你卻不覺得死亡是終結，這就是信仰。如果你把死亡看成終結，便會放下一切等死。你與神同行，學放手，愛自己，願意成長，有目標地榮耀神，願意將自己的經歷變成對別人的鼓勵。對我亦是一種鼓勵。」

「要是每天躺在牀上等死，太不值了。我想見證上帝。現在我不靠自己的力量，我靠祂的力量，相信 God will make a way，我這樣好快樂。」

連番緊湊的互動，蘊含一種純淨的生命智慧，我們聽時也不禁屏息，怕會漏掉一言半語。

康醫真心向我們讚道，「看！她的反應是意想不到的好。負面的少，正面的多，這不是靠她自己的。**她之前的抑鬱，我在許多病人身上見過，但她有重病而如此快樂，這是好難的。**她是一個非常例外的末期病人，好厲害。」

「遇到你，我太幸福了！」阿娟生怕康醫聽不清楚，略提聲線，鏗鏘的強調：「康醫，你不只是懂處方的醫生，我覺得你會關懷病人，真心地聆聽，比一般醫生的專業以外做得多。有醫術，有醫德，有使命感！」她還舉起兩根纖幼的拇指。

面對真情流露的直接讚賞，康醫不懂招架，兩頰泛紅，只管憨厚地笑。

阿娟再拋下一句：「乜有人咁讚過你咩？」

抑鬱症是可治之症，許多患者自殺尋死；癌症是不治之症，阿娟卻活得安好。是復活的盼望，叫人從死亡的恐懼中釋放出來，帶着盼望活，也帶着盼望死。其中流露的喜樂已不是順境的快樂，而是耶穌基督的復活徹底改變了生命，叫人在軟弱中透現出神的大能。阿娟因苦難的練習而變得成熟老練——演藝的夢想幻滅了，她透過美容事業服侍人；失去健康，她卻懷着永恆的盼望珍惜當下，活出了一份超越生死的愛。

康醫説雖然他的專業是着重過程，而不是結果，但看見這位「出色」的乖病人，對他來説，是病者療愈的見證和鼓勵，他臉上更隱隱流露着一份醫生獨有的「醫」懷安慰的滿足。

她是純白色的天使，長有翅膀那種。
在癌痛和治療的煎熬中，都是那麼可愛純真。

一直要回來的關係

解英崗牧師

「上帝給你純淨的靈，你永遠不會傷害人，並懂得深深地愛人，希望別人得救。」這是旁觀者清的師傅對徒弟由衷的欣賞。

這個世界上，為師的不多，尋找師傅的徒弟卻多的很，羅慧娟就是其中一人。

師傅難求，因為大家都忙，哪有這種奢侈的時間空間。

師傅難覓，因為需要你情我願，不能憑單方感動成事。

所以，阿娟一直很珍惜解英崗牧師——這位她求回來、要回來的生命師傅與屬靈父親。

這天，她把解牧師帶到我們面前。

滿頭白髮，一臉英氣，兩眼炯炯有神，説起話來更是抑揚頓挫、鏗鏘有力的藝人牧者。

娓娓道來跟阿娟成為師徒的過程，像在聽一位智者的論述，我們要打醒十二分精神，努力記下每字每句，不容有失。

小蝌蚪的認信

解英崗牧師，以前是媒體工作者，做過電視、舞台、廣播劇的導演，後來專注做藝人牧養，曾出任「藝人之家」的牧者。他以前導演的是戲劇，如今，作的也是「導演」工作——幫助藝人察看生命的劇本，讓他們成為上帝最寶貝的器皿，並指導他們怎樣演繹才成為最佳主角。

近年演藝圈信主的弟兄姊妹為數者眾，看來不少人都想跟解牧師學習成為門徒。阿娟憑什麼條件被選上？

原來有一段「古」——

> 小魚跟小蝌蚪在黑暗的水裏，小魚沒精打彩地說：「我們在黑暗的水裏沒有什麼盼望。」
>
> 「外面有美好的世界，有陽光、露水與藍天，有一天我會到那裏去。」小蝌蚪自信地描畫未來，小魚不相信。終於小蝌蚪變成青蛙，真的可以離開了。小魚很生氣，小蝌蚪說：「雖然我們以前一起在水裏，但我裏面有青蛙的生命，你沒有。你離開這水會死，我卻能前往新世界。」

解牧師在一個聚會中引述了這個故事，旨在說明信耶穌要經歷「重生」。而基督徒的重生，除了來自父母的生命，還有從神而來的新生命。那次阿娟也在場，而解牧師的慈父形象，已在她腦海中留下深刻印象。

解牧師憶念道：「聚會完了，她走到我面前，很開心的指着自己說：『我是小蝌蚪！』她那時在信與不信之間。這件事，我印象很深。」

後來，在喬宏的追思會上，他看見阿娟決志。往後，兩人少有相聚，解牧師只知道阿娟認真地跟張祥志查經，也有和藝人之家的好姊妹一同成長。但那時解牧師待在香港的時間不多，二人沒有機會深入認識。

直至2003年，解牧師回港服侍。阿娟看見機不可失，立刻主動找他。

那天的情景，解牧師仍然歷歷在目：「她跟我說了心裏的掙扎，一些很誠實的話，我知道上帝在她生命中是真實的。」

可以說，是徒弟對信仰追求渴慕的真誠，打動了師傅的心。自此，解牧師便為羅慧娟、鄧萃雯與劉倩怡三位姊妹組成一個門徒訓練的小組，每月都有扎實的信仰學習，恆常地禱告查經。

為什麼門徒訓練那麼重要？解牧師確信阿娟的生命必須經過門徒訓練，才得成長。只是，在一步步帶領的過程中，他看到阿娟過往的生命受過許多創傷，皆源自她太善良。

阿娟笑而不語。

師傅見徒弟可教，就介紹她讀一本有關蓋恩夫人的屬靈書籍。這本書在七十年代十分流行，是信徒追求屬靈生命的寶典。蓋恩夫人面對各種逼迫、侮辱、監禁的苦害，都是逆來順受，從不怨天尤人。這美麗生命成為許多基督徒女性效法的榜樣。

阿娟苦着臉，說：「不要吧！一個美麗的女人為了愛主寧願長天花，容貌盡毀！但她因順服而流露出的靈幫助了很多人……」

這是師傅一番苦心，因看見她容易受欺負，本來想她讀後學會強勢一點。後來，神卻讓他看到阿娟看似柔弱的個性中，有更深層的意義：「神要用她那柔和細膩的靈，成為十字架的祭獻上，祝福更多的人。」

解牧師同時發覺阿娟內心的傷害太深，不是一下子就能處理掉。換了別人，可能會用呵護備至的方式，在她身邊築一道厚厚的保護罩，讓她不再受傷。但他領受的很不一樣，便告訴阿娟：「神要你赴戰場，並藉此來鼓勵你，讓你在軟弱中看到祂的恩典。」

阿娟一直在點頭，心有所感地說：「到如今，那些傷害已經沒事了。因為心裏面神的成分愈多，別的東西都沒地方住。」

脫離痛苦是一個漫長的過程。從很痛，到沒有那麼痛，直至不痛不癢……阿娟就是這樣一步步地離開受傷的深淵。

「上帝給你純淨的靈，你永遠不會傷害人，並懂得深深地愛人，希望別人得救。」這是旁觀者清的師傅對徒弟由衷的欣賞。

於是，解牧師一邊幫娟在小組中接受生命的訓練，一邊為玫琳凱（Mary Kay）的領導做聖經訓練。在云云門徒中，他覺得阿娟「做功課最認真，只是她開悟慢」。

「因為我沒有邏輯。」阿娟似乎對這「評價」受之無愧。

「她很單純地遵守神的道，只要告訴她，她都願意接受，並切實地行出來。」

「正因為你在真理上下了功夫，非常清楚基督使你得自由，對死後有盼望。如果神現在讓你走的話，表示你已經打完美好的仗，跑完當跑的路，守住所信的道。要是神讓你留下來，這也是美好的見證。」對生死禍福，解牧師對阿娟有這一番開解。

「一個人病得痊愈的見證大？還是病中喜樂的見證大？拉撒路病好了，後來被追殺。他的奇蹟痊愈倒叫人反問：為什麼我的病不會好？」解牧師說得對，人就是這樣矛盾，很多時候愛「推人及己」。

看得出，解牧師對阿娟的屬靈長進非常着緊。所以才會愛之深、指點之切：「自從耳朵出事以後，她就失去安全感，什麼都要搞得很明白。這是她生命的大難題，所有事她都要抓在手裏才放心。」

突如其來的意外叫人措手不及，阿娟憶起這段往事，那種徬徨的感覺仍然鮮活：「耳朵聽不見讓我沒有安全感，什麼事情都要確定、確定、再確定，最終仍會出錯。」當然，失聰後的她，表面一點跡象都沒有，跟人溝通依然「有紋有路」，人家沒把她當聾子看待，原來也是一種壓力。

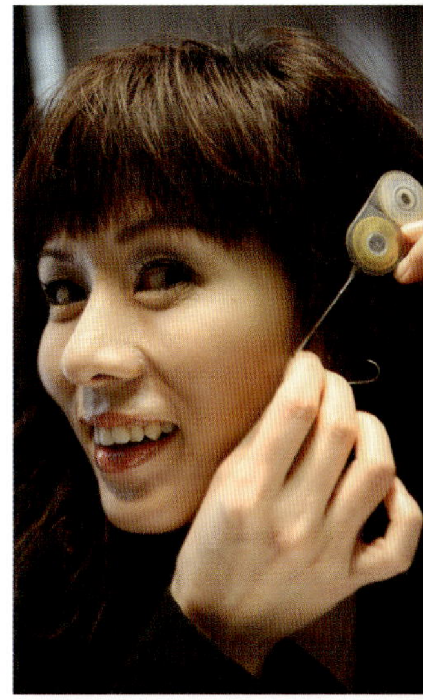

後來再得了抑鬱症，以至今日的重病，患難愈大，愈令她放得開。阿娟輕輕說：「真的不需要事事明白，現在我完全交託了。」

職場門徒的女將

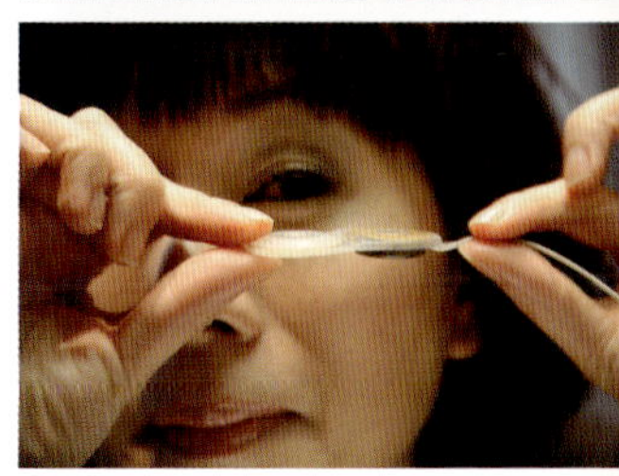

當一個人願意放下自己的執著，神必會開路。這句話是我們在信仰分享中常常聽到的，如今應用在阿娟的身上很是貼切。

解牧師的確是一位別具慧眼的良師。他明白阿娟耳朵出問題，不可能做藝人的了，但上帝把她放在 Mary Kay；她是吸引人的明星，性格柔和，極適合在這個以基督教門徒訓練背景而產生的商業機構工作。但問題是，當這個機構走進了中國，門訓的背景就慢慢淡化，牧師對此甚為着緊。

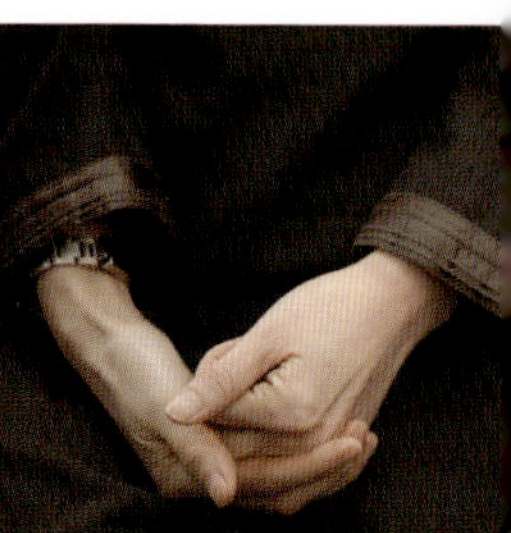

玫琳凱的文化本來是信仰第一，所說的信仰是上帝。可中國人卻是信念第一，相信產品、相信公司……深深相信，一個人願意倚靠上帝，加上努力才能成功。那時，玫琳凱在大陸的首席（高層）很努力，台灣分部也說「在事業上以上帝為首」，但同樣需要真正與上帝結連，於是，他便決心幫助阿娟建立職場門徒系統，訓練玫琳凱的領導同工，重拾公司的開創精神，而阿娟就是當中穿針引線的女將。

話說某年，台灣玫琳凱的高聖芬前往中國大陸，向當地的「首席」傳福音，六十名首席中，就有二三十人信主。解牧師希望邀請這些首席來香港退修，把門徒訓練與職場教導融合起來，他的心願是：「玫琳凱希望幫助女人過豐盛人生，不是賺兩個錢，買件名牌，或是當個首席被捧上天就是豐盛。而是要讓她們明白女人受的是什麼苦，什麼是《聖經》所說的豐盛……」

可安排六十多名來自海外的首席退修，要處理的行政倒不少啊！

「一切租地方、食宿等大小安排，都由我這個聾人來安排。」阿娟自知限制，於是自掏腰包聘請祕書，把超過五分三的收入給了祕書和租借場地。

「她一點不懂行政，但她的毅力很強。」師傅不忘稱讚。

「牧師說，這麼多年看見我都是笑多過哭，得了這麼大的病還整天嘻嘻哈哈的，是不是少了一根腦筋？」阿娟一樂就插科打諢。

「不過我跟她說屬靈的事，她可以開竅，而且她很會教人。到香港來的二十幾個大陸首席，整個生命都被打開；現在她們走出來說話，都是有力的見證，成果非常好，這些完全是通過羅慧娟。」

說到這裏，阿娟若有所思似的，當她看見解牧師指着自己，便按一下左耳，說：「沒電。」我們面面相覷，再次因她笑翻了。

重新置好助聽器，阿娟的勁兒又來了。她搖動解牧師的手，雀躍地分享本月剛剛創下的新業績。

解牧師有點隨意地點頭，道：「玫琳凱不是業績的問題、不是爭首席的問題，神要藉着你這個小女子，讓更多婦女重生得救，抓住大使命。」

「每次想到我居然在中國大陸的計劃中有份，我就起雞皮疙瘩了。」阿娟雙手抱着自己纖瘦的肩，不可思議的回應。

生命師傅與大使命

解牧師重視的門徒訓練，是關乎生命師傅與門徒的傳承，然而，這兩者有何特質？我們要如何為師？如何為徒？

「今天基督教的成敗就在生命的傳承。基督教是道路、真理、生命，是用神的真理建造人，讓人得着生命。耶穌與保羅都是用生命師傅的策略去裝備信徒。」解牧師着緊地說。

不過，要走門徒訓練的路，最先決的條件，就是領受耶穌頒布的大使命：「天上地下所有的權柄都賜給我了。所以，你們要去，使萬民作我的門徒，奉父、子、聖靈的名給他們施洗。凡我所吩咐你們的，都教訓他們遵守，我就常與你們同在，直到世界的末了。」（《聖經．馬太福音》28：18-20）

這正正是門訓的根基。

「門徒要先經歷重生、更新變化，成為基督的樣式，最後以耶穌作王。孩子是一個一個帶的，在我生命中曾有師傅揀選我、帶領我，我也要以這方式帶人。」解牧師說：「在門徒訓練裏，耶穌是看到彼得、約翰，保羅看到提摩太，阿娟是上帝送到我面前的。」

阿娟笑意盈盈地搭腔：「我也把自己送到你面前。」

「我分析過你是可以成為門徒的，但再來就要經過試驗！」

什麼？做門徒也有「考試」？

當然有。解牧師早定下了 FAT 這「肥」原則：「F 是 Faithful，是我們能否建立彼此的信心；A 是 Available，意思是可造之材；T 是 Teachable，有否複製能力，可不可以教導別人。」說罷，他笑着打量阿娟：**「她不是頂級的羊，但的確是一頭好羊。」**

阿娟鼓起兩腮，架起身子，裝成很胖的樣子：「I —— am —— FAT。」然後逕自開心地笑道，「在解牧師面前，我可以做回小女孩。」

「她在道理、真理、生命上，是扎扎實實地學了，現在她已一步步到位了。」阿娟鬼馬地向我們打起一個勝利手勢，那是學生受到老師肯定的喜悅。

「帶門徒要處理性格性情、人生觀、價值觀、世界觀的問題；還有對付老我、靈界瓜葛……後來才處理使命觀、屬靈恩賜與個人才能……這些都是要個別地帶領。」

他又強調挑門徒有一句重要的經文，阿娟急急揮手，嚷着要由她來背誦。起初她背得不順，牧師像個爸爸那樣提詞，她終於把整句朗誦出來：「我兒啊，你要在基督耶穌的恩典上剛強起來。你在許多見證人面前聽見我所教訓的，也要交託那忠心能教導別人的人。」(《聖經 · 提摩太後書》2：1-2)

「首先是『我兒』，是跟我有生命關係；第二是『在基督恩典上剛強起來』，如果她根本剛強不起來就不能選，人靠自己能力不能夠剛強；第三，『在許多見證人』，要許多人都說她可以才行；四，是要接受我的教導；五是交託，如果我把球傳給她，她要能投進籃裏；六，教導以後，要看她有沒有忠心；七，是能教導別人。這七個條件都符合的話，那才是你要選擇的人。當然，這中間會流失很多。」

嚴謹的解説後，牧師換上一臉欣慰：「她已經學到了，也活了出來。」

換句話說，娟在師傅心目中，已是一等一的好徒弟。

訪問最後，自然談到當下的處境。阿娟的身體，人的去留。我們聽到的，卻是父女師徒間一段平和的對話：

「你什麼時候走是神的旨意，早走説不定影響力更大。」

「對啊！」阿娟的回答清脆利落。

「可能神感覺你這個人太好，讓你回天家與祂同工。也可能是把你接回去，免去你以後的苦難。我們當然希望你不走，繼續為主做見證，可我們遲早要到天家再見的。」

無論怎樣，對着解牧師這位「一直要一直要一直要回來的師傅」(阿娟用了三次「一直要」，那是一種渴望與強調)，此刻她只是感恩：「一個人願意用生命教導你，我覺得好幸福。」

當年解牧師一出現，那份父親形象深深吸引着阿娟。但解牧師找門徒有自己的原則，本來沒有把她放在優先，可是因為阿娟堅定地要，感動了解牧師，他便以為父的心去教導她，帶領她處理生命的事。他不是嚴父，而是慈父，有一顆寬厚的心。

阿娟在他面前表現如小女孩那種很乖巧的樣子：「幸好我不是『敗兒』。」

訓練門徒需要很大的代價，遇上生命師傅，阿娟便緊抓着不放。解牧師這位屬靈父親言教身教，陪着阿娟一起笑，一起哭，叫當日的小蝌蚪長成了青蛙，不管她留在水裏，還是跳到地上，她生命裏的光已經照亮了身處的濁水，現在她已安然地交託，優雅地佇站在一片翠綠的荷葉上。

灰白，這是她的人生，雖然缺少顏色，但蠻漂亮的。

Grace of the Lord
be with you
H.R.F.C.

H.R.F.C.

上帝預備的兵團盟友

鄭秀文

如果有人問我羅慧娟是否百分之百順服，我會很有信心地答，她不是百分之百，是百分之二百。

鄭秀文信耶穌了！

聽到這個消息，我們最直接的反應是：真的嗎？接着，不多久後，我們看見她以音樂、文字、圖畫，整理生命，分享信仰。在舞台上，她揮灑自如地以最「潮」的方式作出信仰宣告——「上帝早已預備，至少我不被遺棄。」

2005年，傳媒報道鄭秀文患上抑鬱症，停下所有工作休息療傷，在人生的幽谷與上帝相遇，找到全新的力量。在樂壇銷聲匿迹了三年，重新站回舞台上，她曾朗讀這封給自己的信，最後一句是——「我清楚知道你回來了，你的勇氣，回來了。」

過去，舞台上的她熱力四射，舞台下的她盲目追求名牌、成就、美麗與掌聲，既是完美主義者，也曾自以為是、目中無人……

今日，信仰成為Sammi的核心價值，她的一言一行都跟這個核心價值緊緊扣連。在她重出樂壇，讓福音信息在歌曲中迴盪之際，上帝卻把為人禱告的負擔，悄悄地安放在她心中。

很多人以為 Sammi 很忙，忙着巡迴演出，忙着拍電影廣告，其實她也悄悄然忙着關心身邊有需要的人。憑着一個夢的導引，鄭秀文與羅慧娟這兩個萍水相逢的女子，竟緊緊地連結起來。發現彼此信念相同，心意相通，夢想相近，就這樣憑着信與愛，開始了一段刻在心坎深處的姊妹情誼。

願意為你死

談到兩人的相識，阿娟記得一清二楚：「2008 年，我沒來由的收到 Sammi 的短訊，她說在夢中看見我。」

「『你咁掛住我，遲些找個機會見面吧。』我這樣回覆她，接着便沒有消息。」那時的阿娟與 Sammi 只算是泛泛之交，如果硬說有何關連，就是彼此都是被藝人之家的解牧師牧養，卻從沒交談過。不多久後，鄧萃雯帶阿娟去看 Sammi 演唱會，兩人在後台簡單打過招呼，怎說，仍只是很表面的交談。

二人的第二次交往，發生在阿娟確診癌症後。那陣子阿娟聽解牧師建議，參加了 Sammi 的小組，她們終於有機會一起祈禱。阿娟觀察到 Sammi 每次都很認真禱告，但娟因耳朵的問題，總是聽不清楚。

「後來解牧師告訴我，『**Sammi 說願意為你死。**』」這一說，把阿娟嚇了一跳。

「我心想，嗄？點解嘅？」是啊，素不深交，怎會說出這樣的話？阿娟聽在心裏，既驚訝又感動。

Sammi 認真說明：「解牧師常教導我們，愛親人、情人容易，人能夠為朋友捨身是很美的事。」

信主後的 Sammi 對生死有另一番體會。一方面，她明白這是人生必經之路，最重要的是活着時的生命有「內容」。

「從前很怕死亡，信仰讓我知道有上帝、有天堂，我的恐懼就消失了，反而更着重生命的內容。」至於為娟禱告的負擔，Sammi這樣解釋：「看見這樣一個對神信心篤定的女子，我便很有感動這樣為她禱告。最終神是否悦納，我不知道，我只是聽神的教導。」

阿娟也好奇，怎麼 Sammi 會主動關心自己，只是因為彼此都是神的女兒、主內姊妹？

「又唔係個個都好似你咁有病丫嘛。你特別需要關照！」Sammi朗聲說完，又認真説明：「神給予機會讓我對某些人特別有負擔，而這負擔是 happy burden。」

Happy burden（快樂的負擔），有點弔詭，願聞其詳。

「為什麼是 happy ？因我看到她的生命有很多值得我學習的地方。」與其説這關係是 Sammi 不斷地付出，不如説她從中是開開心心地「獲益良多」。

過去幾年間，Sammi 遇到許多患上癌症的女性，因着不同信仰，對頑疾的反應也截然不同。在基督徒姊妹身上，她就清清楚楚看見堅忍、樂天與力量。當然，眼前的阿娟更讓她大開眼界。

「她的分享有時坦白得嚇人，更讓我看見她歡笑底層的軟弱，而軟弱底層有耶穌承托，在這場大病中，她有多軟弱便有多堅強，很立體的。」

Sammi 坦言很喜歡願意對自己誠實的人，最怕自欺欺人者。但也有人說，娛樂圈內知心難求，她倆又如何在那麼短的時間內建立出深厚的情誼？

「我們之間的信任不是人際之間的信任，我們的關係有神在帶領。」Sammi 的回答簡潔清脆。

阿娟跟 Sammi 的分享，是報喜也報憂：「我軟弱的時候一定要與人分享，不能裝作沒事，這樣相處才自在。」

很多人覺得阿娟堅強勇敢，Sammi 看到的更加深層：「我在你身上看見恩典，每次你要倒下時，上帝就把你救回來。生命總有困難，信徒都會軟弱，信仰給了你另一種態度去面對，這種態度發放了一種力量。」她倆各有各忙，根本沒有太多見面的機會，惟有靠短訊 WhatsApp。而每次通訊或傾談後，Sammi 的心總因阿娟深深牽動。

阿娟何嘗不是，她說：「我們有一個叫『天使兵團』的祈禱室，沒事 Sammi 不會回覆，知道我有需要，她都即時為我祈禱。有好幾次，我事後才知道她在做演唱會。」

阿娟不諱言，當她軟弱的時候，總想找人聊聊。若對方擺出一副「比自己更慘」的姿態，就不想再分享下去。但這位在人眼中極其忙碌的姊妹，竟隨時隨地為她禱告，怎不叫她感動？

「我好相信凡事都互相效力，叫愛神的人得益處。她是特別的，來到生命這個階段，抓緊時間很重要。」

「祈完禱，她還會給我寫經文，那些真實的關心不是空談的。」阿娟拿出一本迷你相簿，裏面收集了她親手抄下 Sammi 禱告的內容。

「喂，讚多啲啦，真是的！」Sammi 睨了她一眼，聲音放溫柔地說：「我沒什麼能做，祈禱最好了。」

阿娟點頭，輕聲和應：「祈禱勝於一切。」

Sammi 親眼看見阿娟面對死亡的從容自得，說：「有了基督教信仰，讓你跨越死亡的恐懼，讓你明白死亡的意義，知道死了去哪兒，知道返回耶穌身邊啊！」

「那是更美的家鄉。」阿娟揚聲說。

「死亡隨時來臨，或者是我死先呢，人哪裏知道生死的大限？死前要怎樣活才最重要。她的笑容、她的力量是最好的見證。」Sammi 與阿娟四目交投，兩人對於死亡的認知如此一致。

百分之二百順服

面對病患，許多人以為最難啟齒的是說安慰的話。Sammi 懂得如何鼓勵阿娟，給她一個清晰的目標：Be the army of God（作「神的兵團」）。

原來，今日的 Sammi 也是帶着這種身分生活。「我表面上是藝人，內裏是上帝的兵團。無論阿娟這場仗打得多好或多辛苦，都只為一個原因——為神得榮耀。」事實上，Sammi 認為阿娟把這場仗打得極漂亮，而且也極為「搞笑」。

因為，阿娟喜歡給好友「親身演繹」病情，Sammi 看過她的傻相，也曾被逗笑至前仰後翻。

「她常常扮自己怎樣病發，怎樣不能呼吸、快死的樣子，明明

好慘但笑到你死！」即或病得「五顏六色」，阿娟選擇與病為友，還將這「好朋友」介紹給認識她的人。

Sammi 剖析阿娟喜樂的根源：「只有順服，臉上才能流露這種笑容。」這正是 Sammi 在阿娟身上學到的功課：不問因由地完全降服於上帝。

「如果有人問我羅慧娟是否百分之百順服，我會很有信心地答，她不是百分之百，是百分之二百。」順服的阿娟帶來了一股生命的力量。作為癌症病人，她大有權利躲在家中安心養病，甚至自怨自艾，她卻穿越了這場病，看見其真正意義，就是見證上帝。

Sammi 對這位兵團姊妹讚不絕口：「阿娟在打身體的仗，同時在打靈魂的仗，而且得勝了。」

她的意思是：病得醫治？不！

Sammi 接續解釋，如果單單求病得醫治，這只是一種「拜神」心態。阿娟「預備好回天家」，她的得勝，是因為戰勝了對死亡的懼怕。

阿娟仰着頭，合上眼睛滿足地說：**「我會笑着死。」**

Sammi 在旁看着她，微笑道：「有什麼比這更好呢？每個人都會死，於是大家都只想能拿多少就多少，這是不對的，真正重要的是為世界留下什麼。如果午夜夢迴，我都會想起這個人在我們生命中留下非常不錯的東西 —— 她幫助我們活得更有力量。我很喜歡看見前人的例子，看見他們有力量，我彷彿也有力量。」

許多人希望在信仰中尋求心靈平靜，Sammi 則另有看法：「我不要心無波瀾、沒有情緒，我尋求活着每天都有神的帶領，在祂帶領下認識自己才最重要。」Sammi 雙手在身上比畫一條水平線：「生命有高低起跌，從祂那裏得着力量，多好。」

朋友可以飲飲食食，分享完全不到題，而阿娟與鄭秀文、鄧萃雯三人走在一起必定祈禱，相對於生活的朋友，她們更是深度結連生命的朋友。其實，三個「忙人」相聚的時間不多，每次都格外珍惜。因着彼此的信任而敞開內心，她們的禱告赤裸又徹底，既聽見對方真實的需要，也因着大家對神的篤定，彼此支持着前行。

婚姻是值得等待

如今，年過二十五的香港女性都被貼上「剩女」標籤，娛樂圈出現結婚生子潮，作為時尚先鋒的 Sammi，不消說一定經常被傳媒追訪，如早年被傳媒形容生活很 dry；跟男友復合後又常被追問何時結婚。

這趟談過阿娟對死亡的議題，也該輪到 Sammi 談談她正在面對的課題：對婚姻的恐懼。

「未信主之前，我並不容易説出自己的恐懼。我現在愈恐懼愈敢説，並相信神有不同的方法處理，我正在尋求方法。我連死都不怕，不知怎的卻害怕結婚。阿娟會鼓勵我不要恐懼，又分享夫婦相處之道，送我經文，讚揚我男朋友。我心想，你有多熟悉他啊？」

阿娟聳聳肩頭，淡然地説：「世界上哪有絕對可愛的人？夫婦間難免會為雞毛蒜皮的事吵架。」

「你的禱告很造就我。你對神的應許很有把握，坦白地指出了我的恐懼，我感到那是從靈魂深處出來的禱告，讓我更明白神怎看婚姻，這些話在我心內慢慢沉澱，漸漸增添了信心。」Sammi 還打趣説不知阿娟「吃了什麼夜粥」，説出來的話很有力量。

阿娟想了想，説：「我知道上帝的心意並不是要你……」

「要我怎樣？單身嗎？」Sammi笑着插言。

阿娟續道：「不是要你害怕。我為你禱告時心裏浮現了：『愛裏沒有懼怕』。如果懼怕是刑罰，代表你的生命有待處理。有些人會不喜歡這種坦白，但上帝既然給了我這句經文，若我不敢向你說，那就代表我害怕破壞人的關係，看人比上帝重要，那就是罪了。老實說，到了這時候，我已不怕多說逆耳的忠言。」阿娟看似愈說愈坦白直率，但同時也是邊聽邊思量怎說，站在對方的角度說，處處為對方設想。

「來到生命這刻，你是完全敞開了，靈裏禱告的火力很猛。」Sammi的話裏不無驚歎，思忖着說：「對啊！愛裏沒有懼怕，這是因為我對神的信心不夠，對愛沒信心。我也有將這些告訴男友，為了我們將來，他一定要幫助我一起面對。而且男女各有自己的弱點，最好是同心放在禱告裏。雖然禱告沒有令我馬上不怕，卻帶給我一種安穩的力量。」

「神為你預備的超出所想所求，不要怕，勇往直前！」阿娟的聲音堅定有力，「我相信神會動手處理的。」

上帝讓Sammi學習愛的功課，除了在感情路上，也讓她走出自己的圈子，從不同處境的人身上看見愛，並學習付出愛。正如這天，她剛從印度探訪瀕死病人回來，得到一張紀念卡，上面是德蘭修女慈祥地揮手的照片，後面寫着「Give until you get hurt, with a smile」，這句話真是人生課題的一大提醒，Sammi笑說：「別人都是抽到『用恩賜榮耀神』之類的，怎麼我這句這麼難？好驚。」

然而，她已把婚姻與工作、人生等課題，統統交託給上帝，即使現在仍然害怕，只要神叫她去，她就會去。

Sammi認定婚姻是一輩子的事，久經離合，他們如今在感受相處，享受愛情，同時重新認識自己，認識對方。信主後的她更渴望尋求神的心意，確定這人是神所預備的，也等待能夠完全投入一段關係的那天。不急於結婚？她這樣詮釋：「**我希望我的婚姻不只造就自己，也希望是見證。**」

死亡已經不是大限，三四十歲又怎會是結婚的大限？上帝的心意是讓她一步步的走向愛。聽着Sammi——這位以情歌陪伴我們成長的歌者，說着男友信主了，兩人同心禱告等待上帝的心意時，就覺得他們的愛情很實在，很美。

「我們穿越了最難的事情，就會看見深沉的意義，以及當中的好處。」對於這次分享，Sammi 如此總結。

阿娟患病，無論怎說都不是愉悅的事，但除了看見疾病帶來的痛苦不便之外，Sammi 更看到祝福處處。她說：「也許有天，阿娟不在了，但我們知道自己要做的事，就是延續她傳福音的熱誠態度。」

上帝早已預備，是這份二人相識相交相知的情誼。

上帝早已預備，是這對在福音戰線上同工同盟的好戰友。

上帝早已預備，是生命面對橫逆疾病背後，有需要我們反復深思的功課。這功課阿娟與 Sammi 都學會了不少，我們又如何？

她是橙黃色的。橙色有活力，黃色是柔和像太陽般溫暖。

從主內姊妹到羅氏姊妹

羅乃萱

走到這階段，我們有機會同行是一種福氣。因為我盡力活過，精彩過，且有那麼多人愛我，我是真的無憾了。

羅乃萱與羅慧娟，一個活躍於教會及親子教育界，一個活躍於美容及演藝界，她們原是兩個風馬牛不相及的女子。

羅乃萱身分多元：資深婚姻家庭輔導、親子教育專家、專欄作家，平日會教小孩寫作，到不同學校機構主持講座，星期天還上台證道，間中會到電台接受訪問。身邊的人這樣形容她：勤奮能幹，才華洋溢，善用不同的媒介傳遞好信息，不論站在哪個位置都散發着一種從容自若的親和氣質。同時，身兼「師母」之分，播道會同福堂主任何志滌牧師是她丈夫，會友稱她為「何師母」。對吃喝與打扮，向來都不會特別注重，由於工作性質是與人同行，她總會因為密密麻麻的工作行程忽略了自己。

後者，在教會雖貴為明星會友，因為害怕過度熱情的接待而低調進出。後來聽說師母患病，她很自然地送上人生插的第一盆花。沒料到，這盆花牽動了一份姊妹情。更貼切地說，應是二人分別在人生的路途上，與生死病禍打了照面，更發現彼此的人生方向相近：關心女性成長掙扎的課題。一拍即合，成了吃喝玩樂的好姊妹、福音戰場上見證分享的好拍檔。

這天，這對羅氏姊妹與我們閒話家常，分享她們敢夢敢想的愉悅。

不想走得太近

1999 年，羅慧娟信主後在同福堂聚會，那時教會只有百多人。自知身分特殊，且害怕受過度關注，每週日的崇拜都是悄悄進出，極度「隱形」。只是，才上了幾個月教會，她便發生潛水意外，在新加坡休養，那時，師母剛好身處新加坡公幹。何牧師請她打電話問候阿娟，師母心裏猶豫：「唔好啦，羅慧娟喎，她不認識我的。」原來師母向來少與藝人相處，害怕太靠近會很「唐突」。

「事實上，藝人都是有需要才找我的，他們一忙起來便會銷聲匿迹，鮮有機會與他們交朋友。」到底，兩人都是來自「不同圈子」，這種顧慮也是難免。

怎曉得，阿娟同樣覺得師母「高高在上」，要照顧眾多教友的需要，她不想因為自己是藝人而要求特別照顧：「我在教會從來不會走近她！怕別人誤會我親近師母，已經有很多人找她求助了，也感到她是大忙人。師母也是人，所有人都把『垃圾』扔給她，怎行？」

兩人一直保持距離，直至 2000 年聽聞何牧師太太腦中風，那天何牧師剛好幫阿娟做輔導，而阿娟剛學罷插花，便把人生第一盆作品託牧師轉送給病中的師母，作為一種禮貌的問候。

「是一盆心形的花啊！」師母重演當時受寵若驚的樣子，「養病期間，我天天對着那盆花，天天想着羅慧娟。我當然知道羅慧娟是誰，但她怎會送花給我？」

「其實我不知道何牧師的太太是誰，在教會人人都是『師母師母』的喊她，我只知道她是『師母』。」阿娟傻乎乎的，甚是可愛。

因為先天的距離感，兩人碰面總是客客氣氣。直至羅乃萱打電話約阿娟吃飯，她們在愉快的傾談後認識了，但娟妹仍不知道眼前的羅乃萱就是何志滌牧師的太太——她曾送花的「師母」。

「那時耳朵聽不見，很糊塗的。第一次見面最深刻的是，你說好喜歡跟我說話。因為我很留心地看着你，讓你覺得受重視。」阿娟頓了一下，「其實嘛，我聾了，若不定睛看着你，就不會知道你在說什麼。」幸虧下一次的約會，阿娟終於明白「羅乃萱」與「何師母」是同一個人。

在多次見面後，兩人偶然談及共同認識的魏美華（暱稱「阿蟻」），原來師母早已認識阿娟的閨中密友。於是，阿娟認識阿蟻，阿蟻認識師母，阿娟又認識了師母，如此這般，便開始了三人茶聚。

談及這段「三角關係」，師母的話裏滿是感恩：「**女人的三角關係很微妙，處理不當就很糟糕**。我知道你們很親密，很欣賞你倆這份透明的友誼，但沒想到你們樂意接納我，讓我也有一個位置。」自此，她們把師母帶進了吃喝玩樂的美麗世界。

「我常常聽別人分享家庭問題、婦女問題、成長的功課，都是在付出。特別在飲食方面，別人餵我吃什麼就什麼，從不講究……你們是上帝差來的天使，讓我在這方面大開眼界、大快朵頤！」

每趟，師母看見阿蟻與阿娟那種青梅竹馬的姊妹情，或有時引吭高歌「今天是快樂的星期一」的傻相，就會樂不可支。

「你看見我和阿蟻一起玩的樣子好像很新鮮，我們卻覺得很奇怪——你明明比我們大，這樣簡單的事怎麼會令你興奮至此？」

也許，是阿蟻與阿娟那份天真爛漫的友情，勾起了師母未泯的童心。三人從此一起玩樂，每月一次的飲飲食食。「阿蟻是社工，我們在行業上能溝通。我講的詞彙她都明白；而你呢……」說到這裏，師母有點靦腆，轉頭向着我們說，「從來沒有人讚我美，她常跟我說：你扮下靚啦，你好靚㗎。」

阿娟定睛打量着師母：「你真係靚女，皮膚又唔差，我看不慣你不打扮自己！」

「我化妝都是你逼出來的。」師母沉默片刻，幽幽地說：「你和阿蟻帶來許多歡樂，填補了我當時的心靈需要——2001 年 5 月 31 日是我人生的低潮，我剛離開工作了十六年的地方，前路茫茫。那陣子感到一無所有，甚至要重新學打字，第一篇講章，我整整用了一星期打字。」如今道來輕描淡寫，仍叫人感受到長袖善舞的前輩

曾有一段難以言喻的傷痛經歷，「我是個樂觀外向的人，卻有三個月沒怎麼見朋友。在最失意的日子，我很享受你們吵吵鬧鬧，既真情流露又相親相愛，這份友誼帶給我許多安慰。」

「你同樣為這份關係付出了許多。」阿娟的意思是，師母常是三人茶聚的發起人。

「我覺得友誼要花時間經營，而且我很享受。」

往後的日子接觸愈多，便愈發現三個人的志趣相投——大家都想接觸女人、家庭，覺得女人要有健康的自我形象，於是傾談更加深入，也開始分享信仰。師母對阿娟漸漸生出一份如姊姊般的憐愛：「我從小就渴望有一個妹妹，剛巧你姓羅，我覺得我們的感情也開始像姊妹，有時會想，要是有個這麼美麗的妹妹也不錯呢！」

分享困難，分享愛

由主內一家的姊妹情，到朋友般的姊妹情，再發展成家人的姊妹情，兩人能這麼親密起來，大概也因為家庭。

師母關注家庭問題，她對女人的愛，也許源於小時候承受的痛苦——她在問題家庭中長大，幾乎因為一個誤會被爸爸逐出家門。師母自幼深愛媽媽，痛恨爸爸，更因目睹堅強能幹、養家愛家的母親，終日受父親的氣而心生憤恨。直至十八歲信主，她整個家庭被神的愛扭轉。看着媽媽於晚年終與爸爸和好，兩老恩愛尤勝舊時，一家和睦幸福。而她最後亦與爸爸和好，帶着不捨目送父親離世。

阿娟說：「在你爸爸的安息禮拜，你只邀請少數朋友，竟把我和阿蟻放在很重要的前排位置，我們很感動。」最感動阿娟的，是其中的一段短片：「你牽着爸爸的手說了很多話，很難相信你們曾經幾乎要斷絕關係。有一次，你說爸爸面對的壓力跟我丈夫很像，我才開始對這行業的男性多一分了解。」因劉先生跟師母的父母一樣從事金融業，跟師母聊多了，她就更明白丈夫的處境，也更懂得體諒。

「難怪你常常問我，我媽媽是怎樣幫助爸爸的。」師母思忖片刻，說：「我很懷念媽媽。她是香港第一位股票女經紀，有一次劉先生告訴我，他早年就認識我媽，還找來她的卡片給我看。任何人認識我媽的，我都分外珍惜。」自此以後，師母對劉先生多了一份敬重與親切。

至於阿娟每次遇到困難，這位羅姊姊卻不愛以「道理」訓示，反而把一些生命中碰觸到的「美麗見證」娓娓道來，讓她從中得着啟示。

「對啊，你幫助我一點點積累信心。感情與人際關係是我的死穴，2007 年，我曾經做過一個世人不明白的選擇。」阿娟哽咽，紅着眼睛道：「當時所有人都反對，只有你說相信上帝會喜悅，你這份支持盡在不言中。」

「我見過許多人這樣選擇而經歷了更大的愛……這些年，看見你由潛水意外到結婚，由結婚到生病，**看見你柔軟了、強壯了、平和了，我知道你真的放下了自己，而有很大的成長！**」師母所指的成長，是阿娟的心寬廣了，更懂得欣賞與感激，特別是夫妻相處的學問，她都能先來一番自省，懂得站在丈夫的位置看問題，兩夫妻相愛更深。

「我學習到在人生低谷安靜下來，並不是為了責備別人，而是要看見自己的不足，於是大大成長了。最近我開始能明白你更多。你說，我們現在算不算是 soul mate ？」師母大力點頭，摟她一下，阿娟喜樂無比，對我們說：「我出嫁那天，師母大清早就帶着女兒來我房間。其實她跟我家人不熟，也很怕做這種事，但為了我，她願意多走一步。我看見她一高興就傻裏傻氣的樣子，覺得好幸福。我為她倒茶那一刻就奠定了姊姊的地位。」阿娟除了自己出嫁給這位「姊姊」斟茶，就算兒子娶媳婦，她也要孩子向這位「長輩」敬茶呢。

看着天空說聲 Hi

生命如一所學校，每個人都有自己的必修課。對於師母，她的必修課是「死亡」——1994 年經歷母親猝逝後，她便開始研讀死亡主題的書籍。2004 年父親安息主懷，2005、2006 年，她最好的朋友接續遇上車禍及急病突然離世，使她面對了多次打擊。加上人到中年，身體難免出現變化，她更確定要為身邊人付出時間，既然不懂死亡，便找書研讀一下吧。

雖說師母已有多次與生死匆匆相遇的經驗，在阿娟四十歲的生日會，她還是輕易被弄哭了。

「我明明是來參加生日會的，你幹嗎要問哪些問題？」師母語帶責怪地投訴，「結果我和阿蟻對着鏡頭哭得不能自已，多難看！可知道你對我們有多重要？」

阿娟向我們解釋：「那陣子我在閱讀《與成功有約》(*The 7 Habits of Highly Effective People*) 一書，明白生命是以終為始的，如果我希望自己在世界上成為什麼人，便要從今天開始努力。因此我請朋友幫忙拍攝，在每位來賓進場時直擊訪問：如果現在你參加的是我的喪禮，你會怎樣形容我？」明明是歡慶的聚會，阿娟竟提出這種「百無禁忌」的問題，無怪乎師母會哭成淚人。

嚴格來說，這個生日會只是一場「預演」。2010 年真的知道阿娟患病那天，師母會怎樣反應？

「那陣子你說背痛，到醫院檢查前還到我的辦公室坐了一會，精神奕奕的，我還以為沒事，直至收到你確診的短訊。我看罷以後重複呢喃了好多個小時：『一個咁好的女仔，點解會咁？』直到晚上，我與女兒忍不住抱住對方痛哭。

「許多與死亡交手的經驗一下子湧現眼前，但他們都是突然去世的，我不曾見過人慢慢地衰弱，真的不懂面對。於是，我在一星期內到書局買下所有關於癌症的書，閱讀後告訴她要吃什麼做什麼，除了送書，還為她預備多種書籤、貼紙、筆記本。」

「你做到了。」阿娟點頭，轉向我們道：「我沒想過向來處變不驚的師母會失控，感到她的生命好像給拿掉了什麼似的，才知道她那麼在乎我。我只能猛叫她別搞太多。」

「知道噩耗後的翌日，我帶她到山頂吃沙律，我問她『將來見不到你怎辦？』，從此每一次見面都儘量拍照。」

「你只要看着天空，我會跟你揮手說 Hi。」阿娟熱情地揮起手來。

「看着你這樣開心，我覺得你買好機票要去天堂，只是出發日期尚未確定。我們都是要去天堂的，不是嗎？但我真的不捨……」

「得了這個病，就算我多樂觀也不可能沒事，是上帝賜下出乎意外的平安，我覺得整個人反而明淨了。起初我知道祂在工作，我

體會到祂必看顧保守，特別是這一年多的經歷，我想，上帝怎會連這些小事都照顧？除了身體軟弱時，我大部分時間都沒有你們那種難過，因為我已仰望天國，我很希望笑着而安詳地說再見。」說着，阿娟就開始想像在世最後一場戲該如何上演，她淡淡然地說：「走到這階段，我們有機會同行是一種福氣。因為我盡力活過，精彩過，且有那麼多人愛我，我是真的無憾了。」

由朋友到大姐姐，師母目睹了阿娟屬靈生命的成長——她起初只是憑一個「勇」字就到處講見證，師母感到她有心而歷練不足；後來接受門徒訓練，與上帝建立關係，有了屬靈的目光，阿娟的生命就多了一份智慧、一份厚度，以致在重重困難中都看見那雙施恩拯救的手，在信仰上站立得穩。如今何家常常為阿娟祈禱；師母的女兒遇上挫折，阿娟夫婦也會齊心鼓勵她。

阿娟覺得師母可以用聰明討好別人，但她更願意用鴿子般馴良的心與人相處，相信人、接納人，成為別人的祝福。這些生命的豐富，連師母自己也不曉得。

看着羅乃萱與羅慧娟於人生這樣聚合，暢談家庭、工作與夢想，分享愛與真理，同行且彼此祝福，屬天的愛，人間的愛，就是如此鮮明地活現在我們眼前。

阿娟的生命像彩虹，有開心，有憂鬱，有埋怨，有放手。

這些顏色加起來很豐富——

她有明星風範的燦紅，又有粉紅般的嬌柔；

有小孩親近自然的綠，也有出席宴會那明亮的黃；

橙是阿娟喜歡鮮色的食物；藍是心的遼闊、不記恨；

青，她透着青澀新鮮的感覺，

病沒有為她帶來死亡，卻帶來成長。

紫色以前是她的沉鬱，現在是她的尊貴。

朋友，只得一個

魏美華

阿娟朋友多，我最想她每天都有恰當的時間有人陪伴。她需要人疼愛，也需要空間，只要知道她有人相陪，我就安心。

羅慧娟身邊圍繞着的朋友，不是一大羣演藝界的，就是美容界的。但如果認識她多時，就一定常會聽到她說：朋友，只得一個。

這一個到底是誰？就是她的書友仔、心靈密友、輔導專家、旅遊良伴……在阿娟心目中「銜頭」多多的魏美華。她是一位專業社工，行家喊「魏姑娘」，阿娟口中的「阿蟻」—— 阿娟說她是患上「勤力細菌頑固症」的萬能女強人。不信？聽聽她的履歷：曾經教書、管理美沙酮中心、做外展青年工作、家長工作、發展網上服務，現在是一家青年機構的資深社工主管。

阿娟則是阿蟻口中的「小強」—— 具備千百年來不進化又打不死的頑強特質。

兩個自幼青梅竹馬，手拉手結伴上學的女孩，性格卻是南轅北轍：阿娟心思細密，阿蟻不拘小節；阿娟感情用事，阿蟻理性先行。

一個親切可愛，一個理性嚴謹。有趣的是，兩人出奇地頻道一致，天天談兩小時電話都不生厭。她們分享過最單純的青蔥歲月，也分享成長以後的苦澀，更「巧合」的是——每當阿娟遇上某種困難，阿蟻就會碰到類似的麻煩事：阿娟為失戀哭得死去活來，阿蟻遭遇離婚重創；阿娟負資產，阿蟻同樣欠下一屁股樓債；阿蟻患上糖尿病，她苦笑說這次阿娟的病更厲害了。

這樣分甘共苦三十年的「孖公仔」，即使遇到再大的困難，兩人結合起來便能產生正能量，哄得對方破涕為笑，也讓我們的訪問，在笑聲夾雜淚影中進行……

風雨不改的美味約會

這段獨特的姊妹情，萌芽於一間校風保守的傳統女校。

魏美華作為中一班上的一分子，這樣形容阿娟：「她喜歡坐前排，與老師混得很熟，我覺得她好八卦，好煩，喜歡與老師打交道的都不是好東西。因為她愛用黃色髮夾，故作可愛的，我暗暗叫她『小蜜蜂』。」

「阿蟻有零用錢而我沒有，她常常買煎釀三寶請同學吃。不知怎的，我每天中午都會與她約好去『拮』魚蛋，吃完才走路回家，日日如是，五年來走同樣的路。我不知她是否想找個『妹妹』來陪她吃東西。」雖然她倆只是中一和中五才有緣同班，但五年來風雨不改的約會，竟是為了吃魚蛋。

那她們的同學情誼，除了吃吃魚蛋，還有別的嗎？

「我記得你很早就拍拖啦——那是跟同學的哥哥，連手仔都沒牽過就要跟人家鬧分手。對方很痴纏，我還幫你出面講數，那人怎說也不明白，我惟有打比喻：車站都廢了，沒有車會來，等也是白等。」沒想到十多歲的阿蟻已潛質初露，為阿娟提供了輔導服務兼挺身相助。

少女時代的一切總是帶點孩子氣，朦朧、美好而短暫。阿娟回憶道：「我不能在原校升中六，但媽媽不想我轉往男女校而必須留校重讀。那年我認識了『聖芳濟』的初戀男友，重考了公開試後，就陪他去加拿大讀書。」

「那年我考上大學，你告訴我男友撞車，我二話不說就把萬多元的 grant & loan 借給你們買車，想來也真夠疏財仗義！後來你都沒還我……」阿蟻邊說邊笑，看得出來她有多珍重各種點滴回憶：「你常常寫信、寄照片給我，告訴我你們怎樣煮青豆火腿；為了打發時間，硬要把食具留待明天洗。」那個年代，「萬多元」可不是小數目，這個朋友真夠「愛屋及烏」。

只是，那個年代的女孩圈子，若不臭味相投，才不會「埋堆」。阿蟻看來成績極好，怎會跟這位似乎只忙着拍拖的朋友玩？

「她由中學開始便很願意為別人付出，讓身邊的人很快樂。如果她有兩個公仔，也會樂意送人一個。」阿蟻口中的阿娟，極有小聰明，且成績不壞，只是有時不知就裏的過了點火位。

像那年，阿娟要投考大學中文系，前往面試。事前，阿蟻千叮萬囑她「一定要穿得老套」，因為當時中文系同學一般都穿得比較保守，不能太另類。只是阿娟不聽，打扮入時地參加面試，結果一如阿蟻所料，被拒門外。

「我心想，怎會這樣拘泥？我不喜歡虛偽啊。」阿娟補充道：「我是想讀大學的。那次失敗還沒有令我感到受挫，轉頭就忘記了。」接着，她陪男友到加拿大讀書，一年後回港到廣告公司工作，四年後當上演員，加上阿蟻亦已投身社會，兩人在不同的世界裏各自忙得不可開交。

快樂是結伴暢遊大世界

從讀書進入工作的世界，要維持學生時代那種形影不離的關係，並不容易。加上阿娟與阿蟻這對「孖公仔」，曾因愛情事業各有各忙而分開。直至有天，堅強的阿蟻因婚姻及身體出了嚴重狀況，消息傳到阿娟那裏，二話不說，她就回到了阿蟻身邊。從此，兩人再走在一起，不只共同面對困難，也開始結伴暢遊大世界。

那時，阿娟在演藝圈薄有名氣，可以帶助手出埠公幹，阿蟻就充任助手跟着出門，完成工作便留下來玩。那時還不流行旅遊指南，她們在陌生的地方四處冒險。

「因為能賺錢了，我們都有能力過很風光的日子，但大家都好節儉。歐洲的物價太貴，我們吃早餐的時候帶走麵包、梳打餅和水果，留着中午在河邊吃，好浪漫。」

「這是我印象最深刻的一次旅行，因為頭一回去歐洲。她起初幾天瘋狂購物，我受不了沉悶，跟她說要分開逛。」阿蟻回憶道。

「人家說我沒有星味，終於賺到錢便買一些名牌充充囉……」阿娟委屈地說：「怎知她忽然不跟我說話，說什麼上午各自分頭行事，再相約在佛羅倫斯的老橋上吃飯。」

阿娟不知怎樣面對阿蟻的悶氣，逛完街便坐在老橋一邊看書。突然發現，原來阿蟻坐在身後，阿娟還打眼色逗她，就這樣忘記不快，又拉着手一起吃雪糕去。

單是一兩樁趣事，已道盡這對好友是如何脾性有別，卻依然能接納對方，分甘同味。阿娟信主後，她最希望好姊妹也能早日歸信。但阿蟻卻是堅定而理智地拒絕，當有基督徒嘗試向她這樣規勸：「你祈禱吧，你有什麼都可以向神求，祂會應允你的。」

阿蟻心想：「我沒什麼要求的。」阿娟知道這個姊妹逼不得。

直至2001年，阿娟到歐美作巡迴佈道，途經洛杉磯、三藩市、夏威夷，她邀請阿蟻去洛杉磯加入旅程。哪知團隊中的講員鍥而不捨跟阿蟻傳福音，她盡量耐住性子去聽，心中也盤算要不要找個機會溜出去。

回想那次旅程，阿蟻坦言：「那十幾天，我的如意算盤是——你們佈道吧，我自行去玩。」奇怪的是，阿蟻始終沒有獨自離團，最後都留下來跟着他們做預備工作，甚至一起祈禱。

「在每場佈道會中，我都選擇坐在遠遠的二樓陽台上，看着阿娟那麼在乎別人決志，有人信主她就淚流滿面，很開心地與人逐一握手……我真是不明白。」

那夜聚會完畢，他們到三藩市一個弟兄家中，大夥兒在談人死後受審判的問題。阿蟻聽見大家討論得鬧哄哄，也插嘴說：「那不過是一人做事一人當，永死也沒所謂。」怎知她語音未落，本來在看電視的欣姐（藝人黃愷欣）突然回頭，一臉認真地向她說：「不是

的，那不是普通受罰，那痛不是你能承受的。」

那一刻，阿蟻覺得很奇怪，為什麼一個非親非故的人，會對自己這樣「緊張」。她繼續憶述：「我仍然有些事不明白，但我不喜歡問人，喜歡自己看書找答案。」

阿娟可有在這事上幫她一把？阿娟回應：「我們有太多話題，也不刻意談信仰，因為我知道她的性格，也知道上帝有祂的時間表與方法。」更奇妙的是，神感動了欣姐主動跟阿蟻傾談，兩人分享了許多心底話，讓她知道自己需要救贖。而團隊裏的基督徒藝人都很接納阿蟻，讓她從中感受到基督的愛，知道「上帝用重價」來救她。

終於，那神聖的一刻臨到了——

「就在三藩市的晚會中，我同樣坐在類似的小陽台，看見阿娟一身白色珠片衫褲，看見她為決志的人流淚，我忽然感到她是個天使。我便很自然地站起來，沒有人看見。」如今只是複述，阿蟻的嘴唇也在哆嗦。

「我甫回到後台，她說：『我信了。』我便抱着她哭得稀里嘩啦。」跑遍世界各地，看見別人信主就感動流淚的阿娟，見到好友信主當然更加激動。就算此刻提起，眼睛仍一片濕潤。

「我不是在人生低谷信主的，我是在罪裏很快樂。在工作上很順利，得到許多稱讚時……卻忘記了自己的驕傲，這是大罪，阻隔了我與上帝的關係。」於是阿蟻在神面前認罪，接受救恩。因着信仰的關係，她倆不單是青梅竹馬的摯友，更成了主內一家親的好姊妹。

愛得老練與尊重

每次摯友碰上厄運，阿蟻總會豪邁地說：「不怕，總之有我墊底。」意思是，她所遭遇的往往比阿娟差，正是一谷還有一谷「低」。面對阿娟的患病，阿蟻又怎樣回應？

阿娟想起確診那夜，此刻禁不住追問一個放在心中兩年的問題：「2010 年 6 月 22 日晚上八點，你到底在哪裏？」

「起初以為你的肺『花』了，我最希望是肺癆，因為香港這方面的醫學夠成熟。」但好友確診的是癌症，阿蟻形容自己的心情是「**整個心像給掏空了，下班後一個人躲在辦公室流眼淚。**」說來她又抽出兩張面巾，「我急於在網上找資料，看到的每一件都不是好消息。我自己做輔導，知道不能再看下去。」

阿娟有點失落地告訴阿蟻：「你過了許多天才來看我。我們這麼親密，我覺得等太久了。」

「我的工作幾乎見盡世間不幸，但永遠不會想輪到自己。我不喜歡愁眉苦臉，我需要先安靜下來。我相信什麼事都有拆解的方法，再難過的日子都能熬過去。可是安靜以後再面對你，我仍不知道該說什麼，只好給你寫笑話吧。」

「我喜歡你那句『問君能有幾多愁，恰似一班太監上青樓。』」阿娟唸詩似的背誦出來，兩人又笑作一團，我們也忍俊不禁。

說罷，阿蟻一面正色：「當年我爸腎衰竭而情況急速轉壞，我趕到醫院時他已昏迷，短時間內就去世。自此我立誓不要再因工作錯過身邊人。我曾經小心翼翼地問你：『好唔好辭工呢？』因為我的工作時間不由自主，要是辭工，我就有更多時間陪伴你。」

阿娟直言：「**你咁快辭工做咩呀？我都唔知自己幾時死？**」

「咁佢話唔好，就算囉。」阿蟻輕描淡寫，說着說着又笑了。

「幸好你沒辭職，不然怎能做現在這麼有意義的工作。你是個有使命感的人，我不想耽誤你。」

阿蟻回應道：「我不想煩人。即使一腔熱誠都要為對方設想，思考是否合宜。麥希真牧師說過『愛主愛人要單純，做人處事要老練。』一種有界線的愛，才能給對方足夠的尊重，對自己亦是很好的鍛煉。阿娟朋友多，我最想她每天都有恰當的時間有人陪伴。她需要人疼，也需要空間，只要知道她有人相陪，我就安心。」

聽着好友這番知心話，阿娟滿足地點頭，說：「我媽形容她是一副骸骨，一副死樣，不喜歡笑。她是一個很冷酷的人，卻可以對我好好，當我反過來想對她好，她就會後退。因為她面對過很多壞人，受過傷害，所以不容易相處。只是，我知道你對我全然付出，這樣有耐性地聆聽我，像兩公婆似的，盡在不言中。」

「其實是像家人。正如你打棉花，又有咩用？我們容許對方的一切，嬲完對方也不會改變。**她很容易生氣，也很容易哄。因為她心地善良。**」阿蟻把阿娟看得通透，而阿娟正好與她的個性互補。

「我常常跟神説，雖然我看似很強，但其實很容易放棄自己。這件事如果發生在我身上，我一定沒有耐性活下來。相反，阿娟是一個很愛發牢騷的人，她因為相信神，這次得病卻沒有發脾氣。」阿蟻嘗試從信仰的角度，理解阿娟的「異常表現」。

阿娟最珍惜阿蟻的，是這位大姐在她面前，可以全然放下那副「強人」裝束，陪她一起做「傻事」。

「記得那天阿蟻難得放假，我約她去金鐘看電影。我戴着帽子，穿寬闊的 T-shirt，戴上墨鏡出現在她面前。我倆扮作外國旅客，在太古坊的廁所拍照、去星街買衣服、買手信。把一切都看作新鮮事，好傻的。阿蟻的辦事能力很強，跟我一起就很瘋！」偶爾做些「傻事」，其實是兩人面對情緒起伏的一種調節。

阿蟻坦言害怕別離，一次兩人結伴看電影《海洋天堂》，她聽到一句很重要的話：「我們已經夠幸福，因為我跟你一起很久了。」那次，阿蟻在幽暗的電影院、阿娟的身邊，哭得不能自已。

世界上沒有多少人能享有超過半輩子的友情，少年時覺得事事新奇——戀愛，婚姻、事業與夢想，孖公仔分開又相逢，繼續同甘共苦。如今，縱使阿娟可能先走，但離別的時候，我們回望她倆相擁的眼神，深信這條友誼大道，始於中一的午飯時間，兩人咬着魚蛋，嘻嘻哈哈的，會一直走下去，直到永恆……

她是天使的白色——

雖然我知道她會像天使般回到天家，仍是很傷感難受的。

後媽的雙重祝福

劉鎮洪

你是我生命中最強壯的人，你不用變肌肉型，你有強健的心靈。

劉鎮榮

當你要失去最重要的事，面對病患與死亡時，仍然用心敬拜上帝，這就是最誠實的敬拜。

跟許多女性一樣，羅慧娟從小就夢想結婚生子，擁有自己的家。上帝的意念總比她高一籌，走過人生幾番曲折，她終於經過十二年愛情長跑而步入婚姻的殿堂，同時當上兩個大男孩的後媽。2012 年的 4 月，甚至升級做了「奶奶」。春暖花開的四月天，我們在雜誌上看到的羅慧娟，身穿如木棉紅艷的連衣裙，喜氣洋洋地見證了兒子 Daryl 的小登科。

從步上紅毯、為人母，至奶奶的「三級跳」，阿娟如何在其中易轉角色與適應，她與兩個兒子怎樣建立深厚的親子情誼，又如何從逆境中窺見上主的保守引領，都是這趟訪談的重點。

訪問於 2012 年二、三月間在劉宅進行。仍清晰記得，阿娟坐在沙發一旁，兩個兒子坐在她右邊，三個人眉宇之間，蘊藏着一份深厚的感情，觸動着訪問的幾個「旁人」。

聽說是明星囉

第一個問題，就從阿娟如何踏入兩個少年的世界談起。

回想當天 Auntie Jac 走進劉家時，劉氏兄弟 Brian 與 Daryl 才剛剛踏進少年期。他倆究竟怎看爸爸的女伴？應該也曾反抗吧？

聽到這個問題，高大壯實、樣子極像爸爸的 Brian 長年在新加坡生活，不經意地換了英文台，追憶起更早的日子：「**媽不在了，我看見爸睡在大牀上，身旁的另一邊整齊地空置了。**這是我見過最傷心的畫面，那時候，我便期待他能遇上心儀的人。」Brian 的話，呈現了一個孩子的早熟，以及對父親的愛。說完，用拇指指向弟弟，意思是，到你了。

Daryl 機智幽默，以不純正的廣東話說：

「第一次看見她，覺得幾 nice 囉，唔似明星囉。聽說她是明星，我們沒看中文戲，覺得她應該不太紅吧。那時媽媽走了兩年，我覺得可以接受。」

Brian 還補了一樁小事，「有次我們一起在外國旅行，爸和她下車後，我們瞥見她的護照遺留在車廂中，我和弟眼明手快的翻了一下，嘩⋯⋯原來咁老，樣子好年輕啊。」兩張俊朗的臉，瞬間交換了一抹佻皮的笑。

阿娟坐在沙發的一角，看着並列而坐的大男孩，笑意盈盈地說：「在我眼中，他倆真是小朋友。看見他們由童稚少年，到開始長鬍子、腳毛，那感覺好古怪。」

「噢，那時沒長腳毛嗎？」弟弟自言自語，不由得看看腳踝。

Brian 輕輕拉起褲管，緊握雙拳道：「有啦，yes！現在有啦！」

兩兄弟沒來由的為成長高興起來，流露着罕見的童真，忽然可愛起來。

她沒想過要當我們的媽

一個家庭失去了女主人，意味着丈夫失去妻子，孩子失去媽媽，想必會在幼小的心靈上留下一道深刻的裂痕。阿娟要加入這個家，適應不會很容易吧？她怎樣為自己定位？她如何擔當既為人妻，又為人母的角色？

一個渴望摯愛的人遇上這種情況，很容易會變得不可理喻，誰知她很早就清楚地向孩子說明：「我沒想過要當你們的媽媽，甚至取代你們的母親，我只想做你們的朋友，如果不介意，我樂意做你們的夥伴。」

「爸爸很孤單，我只想他快樂。她能夠成功融入我們家，因為她並不是想來當我們的新媽媽，她是想當爸爸的妻子、我們的朋

友。」Brian 説完，Daryl 馬上接着說：「爸爸曾經問我們，要是我倆結婚，你們怎麼想？我說，幾好吖，你們拍拖多年，高低起跌都經歷過了。」

後媽與繼子這種身分，包含了複雜的瓜葛與情感。然而，因着阿娟的誠摯表白，劉氏兄弟與這位後媽很快便進入狀態，建立深厚的感情。聞說婚禮時，兄弟倆除了願意擔當爸爸結婚的兄弟團，更主動把 Auntie Jac 喚作了「媽」，連丈夫都感動落淚。

十六年的相識，看着兩個少年求學、上大學、找工作，漸漸成家立業，一個不會嘮叨的媽媽，怎樣表達對孩子的愛？她可有關心孩子的學業？

Daryl 輕描淡寫地道：「佢又冇讀書……」（我們猜他的意思大概是：她不會逼我們讀書。）

Brian 瞪大眼睛，沒好氣地看着總是語出驚人的弟弟，而 Daryl 說：「有契媽陪我們讀書，留學的事都由契媽操心。她只是陪我們吃飯、看電影。這是挺有趣的，一個家庭最重要是好玩，有時間玩。我還記得有一年冬天，她教我們打麻將。」

「我跟你們打麻將？我忘了。其實我都不太懂。那次以後好像沒打過了。」阿娟哇哇大叫。

兄弟倆第一次玩「四方城」，加上爸爸剛好圍成一圈，不再「三缺一」，那次的快樂叫 Daryl 至今難忘。看來，阿娟沒有裝腔作勢，只在適當時候付出最謙卑的愛。「許多人看家人是理所當然的，所以常常吵架。我們從不吵架——」Daryl 頓了一頓，想起了什麼似的，「噢，可能你唔鍾意我們太多垃圾啦。」說的是，他們兄弟房間堆了不少雜物。

向來最愛整潔的阿娟馬上回應：「我沒有表達出來啊！」

Daryl 直率地說：「我知道你唔開心，但你冇講出來，我就覺得唔關我事啦。」

看着兩人笑談家常，長居遠方的 Brian 不禁搖頭歎氣：「她很能接納人，很有忍耐。**她除了以這份寬闊的胸襟與我們相處，甚至能**

跟我爸不同的朋友談笑風生，連老人家都可以。這是很難的。當遇到困難時，她很願意與我們分享，我們因為爸爸而深深地結連，也許他不知道。」

笑鬧了一通，Daryl 終於認真起來：「她在我眼中是智者。她不是那種知識型的智者，但她知道怎樣去處理狀況，識做人，識做嘢。她想做 Mary Kay 的事工，既沒有商業背景，也沒做過銷售，但她邊做邊學，而且成功了。我知道不是因為她聰明，而是因為她有智慧。」

「你都好識做人啦。」阿娟回應道。

「Okay 啦！」他又裝出一副大人口吻。

別怕，我們的第二回合

一個家庭的幸福，是苦樂分嚐的幸福，當阿娟的癌細胞擴散了，每次聽到她入院、情況危險的消息，家人怎樣一起面對？說起這次把人推向絕境似的挑戰，Brian 這次很安靜，倒讓弟弟先說。

「這陣子搬回來住，看着她的病情反反覆覆，她好轉的日子我很開心，不好的日子我好難過。聽到她無休止似的咳嗽，我覺得她很辛苦，同時也有信心她會好起來。」

「Abbie 悄悄告訴我，你是為了我才申請回來香港工作的。」阿娟揭露了一個真相。Abbie 如今已經是劉家的小媳婦。

Daryl 顯得有點緊張，馬上裝出滿不在乎地說：「你傻啦，我幹嗎為你回來？」

「我有智慧啊！」阿娟流露着滿足的笑容，欣賞道：「這次你回來，我感覺到你付出時間與我說心事。」

「我想我需要回香港，因為我知道身邊有家人，日子會容易過一點。」Daryl 這才吐出心底話。

沉默良久的 Brian，回想着兩年前的 6 月 22 日：「那夜在新加坡收到爸的電話，我聽後非常非常難過，腦海裏想起兩件事：主啊，我爸豈不要再次面對喪妻？那是很痛苦的。過了一會兒，我想到她的苦，第一次是耳朵聾了，現在是癌！我很難過，然後我心裏認定了：『不要緊，這是爸爸的第二回合，她的第二回合，也是我們家的第二回合。一起面對吧！』」

阿娟看着他，猛地點頭，眼內盡是欣慰。

Brian 吸一口氣，續道：「這是她又一次的信心挑戰，我們再與媽媽同渡難關。經過第一回合後，我們長大了，強壯多了，我們一起面對這個痛苦依然的第二回合。」

阿娟紅了眼睛，安安靜靜的任眼淚流下；身邊這個壯碩大男孩，心是那麼的柔軟，用愛吐露真言，同樣管不住暖熱的淚水。

Daryl 剛回香港的時候，住在同一屋簷下，他曾見過顯得慌亂的阿娟，目睹她忙着處理許多事，見許多人。他對阿娟說：「可能你覺得『好快會死』，但時間過去，你開始明白什麼比較重要。我陪伴你上教會，感受到你從心底裏敬拜主。當要失去最重要的生命，面對病患與死亡時，仍然用心敬拜上帝，那就是最誠實的敬拜，這讓我看見你與神的親密，這種親密激勵了我。

「要是你問我再次面對媽的病患，我在想什麼？我想，如果我媽仍然喜樂地讚美主，我也可以喜樂地讚美。有些人口裏說愛主，遇到患難就拒絕再信了。但我媽無論在怎樣的景況中，都堅持與朋友相聚，學習《聖經》，服侍人，見證神的恩典，這不是人人能做到的。看見她愛主更深，令我非常鼓舞。」收起孩子氣，Daryl 分享的信仰觀相當通達。

哥哥 Brian 點頭，說：「我看見她的信心經過淨煉而更真實。當她將要失去生命，反而更清晰地知道為誰而活，沒有什麼不可以捨去，即使失去健康，失去一切，她仍緊靠着上帝。我們有健康，有工作，反而很容易遠離神。她沒有選擇別的，她只要上帝。當我想到她的肺部受感染，每天掙扎着只為了呼吸，這是非常痛苦的，但我看見她在軟弱裏有很強壯的心，真的很棒。」阿娟聽時把手繞着 Brian 的，有一種盡在不言中的理解。

茶几上的面紙給抽掉許多張，阿娟喜樂的眼淚一直沒停過：「所以我常常說，**我以這兩個兒子為榮。我們沒機會常常談天，但他們**

用心來觀看生命，很成熟，很了解我。」阿娟抱住了兩個兒子，三個人，一張沙發，像一條風浪裏的船，因知道有主同在而無所畏懼了。

婚姻「難頂」卻豐盛

阿娟因為愛情而嫁入劉家，因為婚姻而成為 Brian 與 Daryl 的媽；她這個晚上，特別想與他們說：「真的非常感謝你們，既成為我的夥伴，也做我可愛的兒子。謝謝你們的支持，如果沒有這份支持，我不可能渡過這麼多難關。我會盡力讓這家完整。」說到這裏，阿娟瞥一眼身邊的 Brian，掃了他的背一下，「弟弟快要娶妻，怎看你也不會單身吧？」想說的都是母親的心事。

「你們倆都將要結婚。婚姻真是難以理解，為什麼神要給人這種關係？這是世界上最『難頂』又最豐盛的關係，你們在當中要學習無條件地愛人，我非常有信心你們能做到。『我們愛，因為神先愛我們』，如果我們不愛主，不愛自己，就沒有能力愛別人，因為沒有人是真的可愛。我希望你們不只相信耶穌，更要愛神且做有智慧的門徒，我多希望你們能繼續我的夢想，讓祝福中國信徒的夢想薪火相傳。」

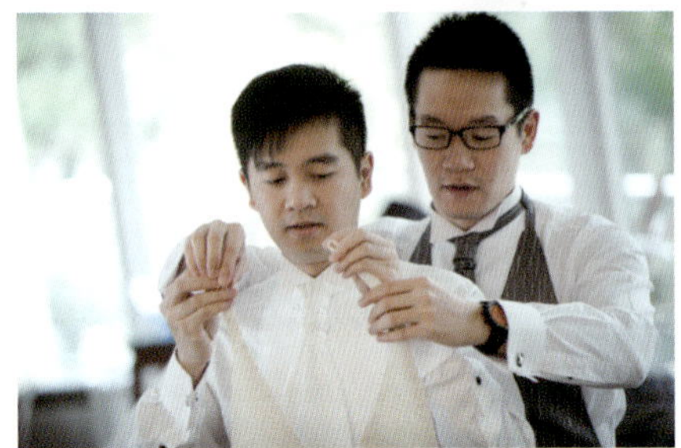

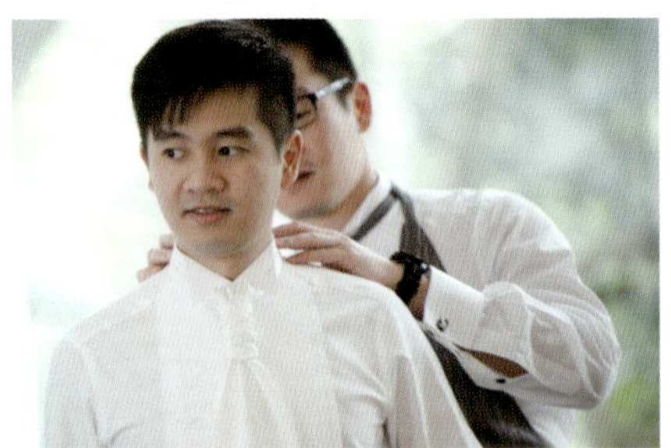

Brian 緊握着雙手點頭，又安靜了一會兒，說：「你是我生命中最強壯的人，你不用變肌肉型，你有強健的心靈。要身體健壯、有肌肉是很容易的，在困難裏有強健的心才是最難。我看見第二回合的你滿有能力，就知道這是來自你對上帝的信心，我會永遠記得。」阿娟抱着 Brian 又哭了，嗚咽着說：「如果我們不信主，這已經是別樣的故事。」

阿娟咳了兩聲，擦去眼淚，把目光投向小兒子。Daryl 柔柔地望着她，說：「**你是我們很了不起的媽媽，我很想念半夜跟你促膝談心的時光。**每次到醫院看你，我心裏都很難過，雖然知道你能面對，但我不想看見你受苦，我渴望看見你好起來。我們還可以一起去玩，遊船河、打麻將……have some fun……」

阿娟破涕為笑，向他下一道命令：「但你不可贏我的錢！」

Daryl 笑了一下，續說：「謝謝你為了我的婚禮，努力保持健康，這也是不容易的。稍後我們再一起行山，你看我做老豆，我看你當嫲嫲。」

如今看着 Daryl 結婚的全家福——這正是神為阿娟預備的家，有愛他的丈夫與敬虔的後代。想起採訪組第一次看見阿娟時，她纖弱得像風吹得動、雨打得倒般。只是今天親眼見到的，配合兩個兒子口中見證的她，卻只是外表纖弱，內心剛強的天國女將。那不可能是硬撐出來的，而是走過風霜，走過失落，踏着疼痛，依然能仰天感恩的堅信與勇毅。正是因着阿娟這種豁出去的達觀與投入，不僅保持了一個家庭的完整，更以一種溫柔而堅定的愛撫平了孩子心裏那種「喪母」的失落與傷痛。

Brian：

她的顏色像陽光，讓人感受到生命的溫度，活着的美好。

Daryl：

她是彩虹，一種很全面的顏色。彩虹讓我想起神的應許，除了她對神的信心，也是神對我的承諾。我們從前破碎了的家，因為她變得完整，而且她帶來了雙重祝福——不只是我們的母親，也是我們的朋友。我看見有些人跟媽的關係很差，如果我親媽還在，不知道我跟她的關係會如何，但我希望能像跟 Jac 的一樣好。

Hymn
930 AM
208
210
217
Hymn
930 AM
208
210
217

愛到深處不分離
劉志敏
我不相信世界上還能找到比
第一任太太更好的女人……

做完十五個訪談，告一段落。師母獨個兒留下來跟阿娟呷着菊花茶，悠閒地聊天。

「還有誰遺漏了的？」這是師母這個當策劃的一直要問的問題。阿娟一聽，眉頭一皺。

「是他嗎？」師母問。

她咬着嘴唇，點頭。

所說的「他」，就是阿娟的摯愛劉志敏。我們都知道，他是影響阿娟一生最深的人。如果這本書要談的是「生命影響生命」，一定不能缺了劉先生。

至於我們為何遲遲沒有行動，一方面因劉先生工作繁重，另一方面是，自阿娟患病以來，他一直深深相信，「她的病是會好的！」正因如此，我們不想也不敢打擾他，畢竟書中要提的問題，有些太沉重了，還是讓他全心擔當為阿娟奔波治病的角色吧。

「一切交託給上帝啊，如果時候到了，我們便知道。」師母跟阿娟這樣決定。

六月份，師母兩度前往新加坡探望阿娟。師母說阿娟一直抓住她的手，好像要跟她說什麼似的。那時她的見證DVD已製作完畢，這本書的訪談撰錄已完成八八九九，讀着阿娟的唇語，師母忽然悟到，會否是想邀約她的摯愛做訪問。

沒想到的是，劉先生聽罷，一口答應：「沒問題，隨時都可以！」

結果，阿娟返了天家半個月後的一個晚上，我們採訪組一行三人跟他進行了一次剖心的訪問。作為一位專業的採訪者，又帶着阿娟的託付，師母知道有責任把問題問得一清二楚，甚至「打爛沙盤問到篤」；但作為阿娟與劉先生的摯友，明白他仍在哀傷之中，只是為了完成愛妻的遺願才願意配合，大家已無言感激。至於要說什麼、回應什麼，我們就隨心吧……

一見鍾情，哪知她是明星

坊間的「男女大不同」理論總說，女人着重細節，男人着重大局。所以，如果問一個男人，他跟太太是何時認識，當時她穿的是

什麼衣服之類的問題，男的一定搭不上嘴。

劉先生竟完全不是這回事，問及他和阿娟初次見面的情況，他竟能清楚回答：「1996年10月14日，我第一次看見阿娟。」

還記得那天她穿什麼衣服嗎？

「當然記得啦！她穿白色皮褸、綠色褲。」

第二次穿黃色雪紡露背連衣裙，劉先生甫見面就說：「嘩，你着到咁靚？我們只是出去吃飯。」而她很直率地說：「咁我都要着靚啲。」劉先生知道阿娟是喜歡他。

初相識的日子，劉先生看阿娟是一位天真活潑的小妹妹，既懂英文，又喜歡小孩。說着，他的嘴角掀起笑意：「我第一眼就愛上她，她是挺美的。朋友說她是好女仔，叫我不要輕率隨便，我說只想跟她做朋友。由認識到親她，幾乎是一年後的事。那些日子，我既觀察她，她又觀察我吧。」

「你是被她的美吸引吧？」

「坦白說，我遇過比她更美，身材更好的。但**她很聰明，有良善的心，很愛家庭。**她是家中么女，沒讀過大學卻能擔起一頭家，還一直守着患癌的父親……我很欣賞她。」劉先生看中的，不單是阿娟的外表，而是她那顆善良與孝順的心，他更以「厲害」來形容她的能幹。

當然，還有兩人的志同道合：既是顧家，也很饞嘴。說到這兒，劉先生邊點頭邊說：「這個女人好適合我！」姻緣天定，大概就是這個意思吧。

當下，劉先生就給我們補了一個趣味十足的注腳——

我常常戲弄她，把辣的食物遞給她，騙她說：「不辣的，試試好嗎？」

她總願意嘗試，然後馬上求救：「水呀！水呀！」

我便呵她哄她：「錫返錫返。」

「唔制唔制，個嘴好辣。」

最經典的一次是，我用冬蔭公戲弄她。但她每次都相信那是不辣的，受騙了就惡狠狠地盯着我：「你呃我！」

說起愛妻的趣事，劉先生好開心地分享，把我們也逗笑了。

他倆彼此的認定，發生在香港最歷史性的一刻——1997 年 7 月 1 日，相識整整九個月後，劉先生在回歸之夜吻了阿娟。他還記得阿娟甜絲絲地說：「拍拖咁耐，你呢個男人要等到香港放煙花才肯親我。」

對於曾經喪妻的劉先生，要開展一段新感情並不容易，回顧那些看似苦候的日子，他心裏也有不少掙扎。

「第一任妻子在 1994 年 10 月 24 日去世後，我不相信世界上還能找到這麼好的女人，所以亦不敢投入新感情。」另一邊廂，阿娟向好友吐露了心跡，好友在追思會前才告訴劉先生：「她真的喜歡你，但不確定是否要嫁你，便祈禱。主對她說應該是這個 —— 雖然老老地、沒什麼頭髮，應該是這個。不過，要等待。」

兩情相悅，並不代表馬上可以結合，許多人都感到好奇，為什麼兩個中年人要相愛十年才結婚？

「我跟她說我有兩個兒子，而且好愛我老婆，只是她死了。說得清清楚楚，她就知道我還是放不下，無法答應馬上娶她。」劉先生跟第一任妻子在 1970 年認識，當時他才十七歲，十年後結婚，妻子於 1994 年 10 月 24 日去世。她走的時候，兩個兒子才十歲、十二歲，劉先生怎放得下這份感情？

說到這裏，他輕輕仰了頭，一個小動作，似是要止住要滑下的淚水。然後，從廚房喚來了一位見證人 —— 跟了他三十年的菲傭姐姐，首十二年她是跟着第一任妻子過的。

「你說，我妻子快樂嗎？」

「當然。」工人毫不猶豫地點頭。

「我對她好嗎？」

「當然好。」她的回覆依然堅定，主僕兩人瞬間已紅了眼睛，「你是好丈夫、好爸爸、好老闆。」

原來第一段婚姻承載着接近四分一世紀的愛，看着眼前這一幕，大概就明白他對阿娟說要放下的，到底有多沉重，有多不容易。正因如此，劉先生也不想限制阿娟尋找幸福，至此，兩人再經歷了一段離合。

口說放下，心卻放不下，後來，兩人又走在一起。在五味雜陳的愛情路上，某天兩個人再起了衝突。阿娟很想知道劉先生是否神為她預備的人，於是暗自這樣禱求：「要是劉志敏在某天八時前還不送花來我家道歉，我就跟他分手。」結果，從不上門送花的劉先生，居然在那天七時五十九分抱着一束玫瑰按門鈴。

複述這個「印證」的時候，劉先生雙目烱然：**「我好肯定，阿娟是神送給我的天使。」**

超過 Perfect 的可愛老婆

劉先生是個運籌帷幄的成功商人，他這樣形容自己：「還未認識阿娟前，我在香港金融界已經好厲害，但我不喜歡被拍照，不喜歡出位，挺害羞的。」

那麼他怎看阿娟？羅慧娟可是香港頗具名氣的明星啊！劉先生原來曾向阿娟這樣說過：「你說你是明星，我怎會知道啊？我又不看中文電視，你卸了妝我更不知道。」

阿娟聽罷，立即如數家珍：「我以前拍過什麼什麼……」

「我說：老婆啊，我以前看的中文戲還是黑白的。」

也許，正是來自兩種完全迥異的背景，才能互相吸引，造就了某種難以形容的「契合」。

說到這裏，我們邀請素來「數口精準」的劉先生給阿娟打分。他一聽便說：「**她一定是超過 Perfect。**她照顧家庭、待我的兒子如同己出、對我的父母敬愛有加、願意陪我去前任太太的墳墓，還願意與我的姨仔交朋友，我十分佩服她的大方。」

當然，阿娟多年對羅家的孝心，劉先生都看在眼內。

「我這個老婆好聰明的。雖然她長得好看，但我可不是色魔，也不可能娶個傻女。」劉先生幽默的剖白、認真的陳辯，叫我們又忍俊不禁了。

既然他如此重視家庭，要娶阿娟，可有遇上什麼困難？沒料到主動勸婚的是遠在新加坡的兩個兒子，他們説：「Daddy，你老了，我們又不能回香港照顧你，不如你娶 Auntie Jacqueline 啦。」即使心裏喜悦，劉先生亦不忘擺出父親的模樣説：「老豆愛娶誰要你們管？」

前任妻子去世了，不代表跟她的家人斷絕來往，劉先生一直重視他們。其後真的想續弦，劉先生不忘告訴遠在新加坡的外母，主動談及新感情……

「我知道啊！有人跟我説了，好像是明星嘛。」老人家平靜而豁達，並答應讓女婿帶這位素未謀面的女子來喝咖啡。

一看見阿娟，聊不到兩句，外母便絮絮叮嚀：「我失去了女兒，你要好好照顧 Chee Ming……」説到這裏，劉先生哽咽，「阿娟很會哄人，把所有老人家都哄得開開心心。」

未結婚前，阿娟曾問劉先生：「你真係要娶我？」

「冇假的啊。」

「那我要重新裝修房間，我要換牀。」

「得！」劉先生爽快地答應，那張牀是他和前妻的，他願意答應阿娟的一切要求：「她要衣櫃，我都給了她——雖然我的衣服無處放。這些都是小問題，最重要是她開心。我工作忙，又有這麼多包袱，她都願意嫁進來……她要什麼，我都可以給她。要是她容不下什麼，為了尊重她，即使再珍貴的東西，我也要放下。」

師母補充一個回憶，說阿娟跟她提過這件事，師母當時只給了一句意見：一個男人還留着前妻的東西，代表他用情很深。

阿娟重視她成長的家庭，也深愛她的新家。婚後，她除了做美容事業，就是跟着丈夫應酬。劉先生從沒有要求她做「跟得夫人」，是她主動說:「做你老婆，我都要了解你的朋友。」

劉先生連連稱讚：「**她真是三從四德，做得非常好，我的生意朋友甚至說：She is too good for you！**你真的有神保守。」

2009年聖誕節，夫妻倆從一個派對回家，酒喝多了，阿娟跟劉先生說：「老公，不用怕，你可以慢慢減少工作，我的業績做得很好，我會養你的。」

劉先生帶點醉意，想了一下，不由得地擺出一副大男人的架子，說：「你養我？你怎搞得掂我的花費？但我親了她一下，說 very good！」擺架子是一回事，我們聽得出這位老公把可愛老婆的話受落了，且甜在心裏。

後來阿娟得病，自知無法履行承諾，便對劉先生作另一番表白。劉先生眼泛淚光，憶述阿娟如何重提舊話：

「四月的時候，我們在家看電視，她忽然抱着我哭。我問她：『做咩呢？』她說：『Honey，對不起，你不可以退休了……我不可以在 Mary Kay 做太久了。』我這個可愛的老婆會記住自己說過的每一句話。」劉先生掏出手帕抹淚，空氣中瀰漫着濃濃的愛。

嫁給富商還要工作？

「我這個老婆在事業上好努力，企得好硬。拍拖的日子，我給她錢，她說：『你當我什麼！』，我說我買禮物不合你心意，乾脆給你錢囉。但她怎也要把我拉去挑去買，真是辛苦。」

結了婚，劉先生秉承「老公搵錢，老婆洗錢」的傳統觀念，當然會不時給阿娟現金。近日他在抽屜裏找到一個脹鼓鼓的化妝袋，裏面是厚厚的一大疊人民幣。「我給她錢，她永遠不用……老是不肯放進銀行收利息，硬要留在身邊，因為這是『老公畀的』。」在老公口中，阿娟雖然愛幫助別人，卻從來不會胡亂花錢購物。

劉先生不單給阿娟一些「私房錢」，閒時還會帶她到處遊歷。這些年來，他們的足迹遍佈世界各地。當日追思會其中一幀阿娟笑意盈盈的大頭照，就是他們三年前在印尼旅行，日子最美滿時拍下的。

當下，劉先生在阿娟的手機裏找出一張她與黎美嫻的舊照，相片中的她才二十歲。劉先生介紹道：「吶，這個是阿娟，幾醜樣。」他笑着道：「我們認識時，她是挺美的。我們相愛後，她愈來愈漂亮。不過，我覺得這三兩年才是她美麗的最高峰。她跟我在一起而變為成熟的女人，我也很自豪。近年，兒子説她樣子像他們的親媽。有一晚，我拿出前妻的相片，一看，竟真的有點像……」

一個女人的美，除了年齡、化妝外，還有那種內心溫柔安靜、敬虔樂觀所散發出來的一種魅力。

這個女人好勁

見慣風雨的劉先生，在得知摯愛患病的那刻（2010 年 6 月 22 日），他在想什麼？有想過她患癌嗎？

「好害怕。因為她一直在咳嗽，很瘦。」那個晚上，兩夫妻緊握着手，讓何牧師為他們禱告。面對這個「似曾相識」的打擊，劉先生以堅定的語氣向阿娟保證：**「你不會死，我會醫好你。」**

那一刻，他也知道自己在「逃避」。但在我們這些旁人聽來，卻是一個男人對摯愛的一力承擔與承諾。

他歎氣：「我唔明白囉，她愛主，為主做工比我多，她真的去領人歸主。坦白說，我沒做過這些事，我只是幫教堂籌款。」言下之意，是問為什麼愛主愛人的阿娟會有這樣的「下場」？沒有人知道答案，惟有主知道。

師母告訴劉先生：「她知道自己有病，心情倒很平靜。她說以後不再買衣服，因為沒什麼意思，她要做有意思的事。於是，她開列了一張清單。作為她好朋友，我就答應幫她做書，事實上也不知能陪她瘋多久。你知道這事嗎？」

「可能聽過、看過、吵過。我跟她說：『小姐，你有第四期癌症，我依家幫你救命，你搞咁多事做咩呀？』」劉先生又歎了一口氣：「醫生說她只有三個月至半年……她卻活了兩年，已經是奇蹟。」

三次瀕死，她的信仰好強

在新加坡，阿娟最少有三次幾近死亡的經歷。第一次是肺部出問題，劉先生在凌晨三時多抱住她做人工呼吸，高呼：「老婆不要走，不要走！」

第二次是因為血感染，她發燒、呼吸轉差，羅家親人馬上送她到深切治療部插喉。後來她醒來，師母已往當地探望，剛好在阿娟身邊，告訴她這本書的稿子改得好快，沒想到她竟能開聲，語帶欣慰地說：「如有神助。」

劉先生說：「阿娟好勁，一位醫生首次救了她後，說：『第二次冇咩好救的了。』『不行，你一定要救，多少錢都會給。』我堅定地要求，後來他救了阿娟，問我說：『這是你的老婆嗎？她好年輕，心臟好強，我們能救回來。」另一個醫生說：『不，這與她年輕無關，是她的信仰好強。劉先生你做得對，我們繼續支持她吧。』

第三次是肺壞了三分一，醫生覺得不要再救了，即使再動一個手術，不過也只能多活兩至五天，他問劉先生要不要做。身邊的人都說沒救就別做了，劉先生找來牧師一起祈禱後，覺得還是想做的，再徵詢醫生意見。醫生坦白說，如果那是他自己的親人，他都照做，哪管只能多談兩小時，也是開心……外母聽見，就鼓勵劉先生：「我女兒嫁了給你，你決定吧。」

於是，手術動了，阿娟醒過來，又多活了十天。

「她給救活了，就嚷着要離開醫院，我每次去看她，她都打我，怪我不帶她回家。於是我哄她：『只要你有力氣站起來，我就帶你走。』她足有三個星期都是躺着的，沒想過她竟真的站了起來，真是沒可能的！我想，她這種狀態都能站起來，就是主的意思。」

師母也在現場見證這難忘的一幕。那天她趕到醫院，劉先生跟阿娟說：「站起來，讓師母瞧瞧！」結果，她抱着雙臂，挨在丈夫身上，果真站了起來。

「她那麼堅強，卻喜歡對我撒嬌，我常常抱着她，親她哄她。她什麼都要我來，我都依她，這也是丈夫該做的。」

「6 月 29 日那天晚上，我以為她能活多一陣子，便讓她與家人好好相聚，怎知道第二天就不在了……」劉先生話裏仍有着切膚的

哀痛，但他掛在口邊的盡是「羅家失去了她，也很傷」。

也許，是阿娟知道當她走後，身邊愛她的人會有多傷痛。所以，她在過去一年做了很多準備，跟摯友相聚拍照，讓大家留下珍貴回憶。對於深愛的丈夫，她更是撐着柔弱的身子，在 2011 年 10 月 10 日她自己生日那天，送了一本親手做的相集，輯錄了十五年來的快樂時光，仔細記下每一個難忘時刻。劉先生說起這份「厚禮」，強忍涕淚帶笑道：「說這個女人不愛我是假的，她真的好勁。」

他還有什麼心底話未及告訴她嗎？

「沒有了。我一直都跟她說：『我不相信在世上還能找到比第一任太太更好的女人。』每次她聽完都好開心地摟着我。」

是的，離開劉家的晚上，劉先生抱着阿娟的畫面，師母仍然歷歷在目。那時，她曾寫下這樣一段禱語送給他，如今，我們請師母寫在書的末後，為這對「愛到深處不分離」的夫妻作一個真誠的注腳吧。

我感動，因為當醫生宣布放棄，你卻仍舊堅持，因為你知道你所深愛的，不想放棄，你也在為她禁食數天的禱告中，聽到主要你不放棄的應許；

我感動，因為神真實的在你生命中工作，多少次分享禱告，我們都聽到她呼求，讓你深深經歷上主，並祂行神蹟與改變的大能，從前禱求如今看見，深信她能感受到；

我感動，因為在你倆身上，我看見二人成為一體的堅定不移，那走過死蔭幽谷的過程有着血淚與掙扎，但最後練就了那種就算疼痛至死也不想分離的愛，許是十字架上的主賜下的力量；

我感動，因為在諸般壓力與患難中，你不停說「不管了，此刻最重要的是專心照顧娟。」因此我看見你寬容的力度與器量，面對危難時的確信與堅持，心中為你倆這天作之合感動，懇求主醫治垂聽，讓你們的心願得以滿足。

她是紅色，永遠活潑，頂多不開心一會兒，頂多囉嗦一會兒；
第二天醒來她就很開心的樣子。

跋 ● 純善、純真、純愛

從沒試過做訪問，流過這樣多的眼淚，仍可以如此暢快地歡笑。

從沒試過做訪問，被受訪者的對話如此觸動，回到家中仍在迴盪。

從沒試過做完一個訪問，被人問及「心中的感覺如何」，我就衝口而出：「她是真真實實地活在地上，亦給我一種『如同活在天上』的感動！」

是的，從策劃、構思、訪問至出版這本書，一直都是娟妹的心意。

記得她第一次跟我提到出書，那慧黠的眼睛閃爍着期待，但當時工作忙碌的我，只顧潑她冷水：「等你身體好一點再算吧，要知道寫一本書不容易啊！」

我的心意本來是：「拖得就拖。」因為她想要做的事情多着呢。

直到今年年初，她跟我說：「我那見證的 DVD 已準備就緒，你的書呢？」好吧，答應過你的事情，一定要辦。坐言起行，找來了突破的總編輯馬鎮梅與寫手王心靈，加上娟妹的祕書 Cherry，組成一個四人團隊，在一個多月的時間內，邀請了影響羅慧娟生命的十六人，逐一細說跟她生命的匯合，以及如何從彼此身上學習生命的功課。

本以為，這只是一般的訪問，交交心，談談瑣事。不！！！

雖然訪談在安靜平和、愉快舒適的氣氛中進行（每次都在娟妹的家）。但勾起的，卻是感恩、難捨、痛惜、別離。因為受訪者都知道，這極有可能是跟娟妹「最後一次」的見面，所以，大家的言談都是那麼毫無保留，當中有道出對愛情承諾的懼怕、工作升遷的暗戰風雲，或者諫友直刺弱點的內心剖白。過往做訪問，都要左兜右拐才能問出端倪，這十幾趟的訪問卻是一坐下就坦誠分享……當中流露的至誠至愛，至今仍是腦海中最鮮活的回憶。

一直在問，一直在聽的我（雖然我也是受訪者之一），耳聞目見當中的愉悅欣賞、難捨難離、饒恕復和……真的有種「如同活在天上」的感觸。這不正正是天堂的樣子嗎？人與人之間可以放下防衛與成見，互道心底最深處的心聲，然後，生命影響生命，生命頌讚生命，一同將榮耀歸與那創造天地的主。

本來，還想跟她討論一下這本書的封面、設計、排版等等，她聽罷卻說：「不用了，如果什麼事情都要我看着它完成，知道它的果效，那只是想自己得榮耀，這些都不再重要。」是的，娟妹，你最在乎的是盼望未信耶穌的，可以信主；離開信仰的，可以回轉；已信主的，能在信仰上扎根結果。你如此相信，也如此交託。作為摯友的我，如此執行。

記得在最後一次見面，你在病牀上，花盡力氣一字一字的跟我説：「不要 —— 放棄 —— 我們……」雖然我聽不到後面的「……」，但我相信，那就是我們的「信念、夢想、堅持」。

記得娟妹曾經告訴我，如果想念她，可以看着陽光燦爛的天空，跟她訴説心底未了的話。

今天，遙望蔚藍的晴空，我可以安心地跟她説：「娟妹，你想出版的書，我們都按你心意完成了。其他的，深信祂必帶領……」

最後，感激每一位受訪嘉賓爽快應邀而至，亦再次謝謝突破的團隊 —— 鎮梅、心靈，還有當中細心安排的 Cherry，願上主報答你們的勞苦。

羅乃萱

家庭發展基金總幹事

然而，叫耶穌從死裡復活的
靈若住在你們♡裡，那叫基督
從死裡復活的，也必藉著住在你
們♡裡的聖靈，使你們必死的身
體又活過來。

羅馬書8:11